いつかの冬、終わらない君へ

いぬじゅん

ポプラ文庫ピュアフル

JN122640

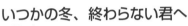

目次

第一章

私は冬に嫌われている

「ここって、酸素が薄くない？」

帰社するなり、向かい側のデスクに座る南心春《みなみこはる》がそう言った。定時までは一時間もあるのに、今日の仕事は終わったとでも言うようにピンクに塗られた爪を眺めている。

よくわからないことをいきなり尋ねるのが心春の癖、きちんと尋ねるのが私の常。

「酸素って？」

バッグをデスクの下に押し込め椅子に座ると、パソコンモニターの向こうからひょっこり心春が顔を出した。軽くウェーブがかかった髪は今朝と同じ艶を保ち、メイクも崩れておらず、とても酸欠で苦しんでいるようには見えない。

「そのまんまの意味。息苦しいっていうか、息がしにくいというか」

「運動不足なんじゃない？」

ふたつの違いがわからず肩をすくめてみせた。

打ち合わせの記録を確認しようとスケジュール帳を開く私に、心春は「うう」と不満そうにうなった。

「柚希《ゆずき》と違って私はジムに通ってるもん。まあ最近はご無沙汰気味だけど……。そういうことじゃなくって、雰囲気的に息苦しい、ってこと」

どうやら心春は定時までの時間を私とのおしゃべりで過ごす作戦らしい。改めてつるんとした肌をチラッと確認する。入社した頃より若く見えるのは、本人によると『下地クリームが大事』とのこと。あとは『コンシーラーを塗ったあとに薄付きのファンデーションを使うという逆転メイク技術』とかなんとか。

「雰囲気的に息苦しいんだね」

心春の言葉をくり返しオフィスを見渡すとそんな気がしてくるから不思議だ。

私の勤める『蒼井出版』は、出版業界でそれほど知名度が高くない。それでも雑誌や小説、フリーペーパーを多数刊行しており、出版社名は知らなくとも書名なら一度や二度は目にしているだろう、というレベル。

各部署がこのビルのいくつかのフロアに分散していて、私の所属する『第四編集部』は二階のいちばん奥にある部屋。さほど広くないオフィスは、私のいる手前側が求人誌部門で、奥に地元情報誌を製作する部門がある。

入社以来、私はずっと求人情報誌『CITY　WORKS』の担当だ。新入社員は、しばらくの間ここで編集業務について学ばされる。毎週刊行のため、やってもやっても終わらない仕事量で社会人としての洗礼を受けるのだ。

「そう、雰囲気」と心春は唇を尖らせた。

「ふたつの部署が入ってるだけでも息苦しいのに、音楽すら流れてないだもん。今どきラジオくらい流すでしょ？　マジ、職場環境が悪すぎ」

キーボードを叩く音、電話をしている声、そばにある空気清浄機がうなる音、複合機が印刷物を吐き出す音が重なっている。

「入社して二年以上も経つし、すっかり慣れたけどね」

「柚希ってほんと鈍感だね。いい意味で、だけど」

どう聞いても悪い意味だろう。なんでも思ったことを口にする心春をスルーし、スケジュール帳を改めて確認する。これから急いで原稿に起こさなくてはならない。画面にレイアウトを呼び出し、入力しながら新入社員だったころを思い出す。

小説の編集をしたかった。自分にはそれしかない、と思っていたし今でも信じている。なのに、この第四編集部からいまだに抜け出せずにいる。

これまで何人の同期や後輩を見送ってきたのだろう。もちろん、会社だから希望した部署に行けるわけじゃないことは理解している。同期のなかには、営業部へ回され数日で退職してしまった人もいるし、逆に新しい部署で頭角を現している人もいる。最近の新人はここだけじゃなく、いきなり営業部に回されることもあると聞くし……。

それでも同じ部署にい続ける日々は、ずっと研修期間が続いているような感覚になる。会社から、暗に『不合格』だと言われている気分だ。

「コーサカの存在が息苦しさの原因だと思うんだよね」

心春が苦い顔をしたので、慌てて自分の口に人差し指を当てた。

「しっ。高坂《こうさか》さんでしょ」

「いいんだよ。今は敵地にいるし」

さりげなく振り返ると、奥にある地元情報誌『たうんたうん』の編集者と話している高坂さんが見えた。腕を組み体を右に傾けている立ちかたは、不機嫌なときの特徴だ。

高坂さんは『ＣＩＴＹ　ＷＯＲＫＳ』と『たうんたうん』の編集長を長年兼務している。各担当が六名ずつ配属され、フロアの真ん中に編集長のデスクがでんと置かれてある。

壁にはそれぞれの配布部数と売上推移が大きく貼り出されている。心春の言う息苦しさは、こういうところにも原因があるように思えた。

「でさ」心春は話を止めない。

「うちらのいるこの場所ってなんて呼ばれているか知ってる？」

「第四編集部」

モニターに意識を戻し、打ち合わせしたばかりの情報を入れていく。社会福祉法人の求人で、電話による打ち合わせでは二分の一の枠を希望していた。すなわちページの半分を使用するため、目立つ代わりに料金も高い。

が、実際に訪問すると同時に八分の一に変更だと告げられた。レイアウトはやり直しの上、売上もダウンというダブルパンチだ。なんでも、ハローワークからの紹介で数人決まったとのことで、よろこばしいことだが締め切り前の身には厳しい現実だ。

「そうじゃなくってさ、通称だよ通称」

「通称？　なにそれ」

ふふ、と笑ってから心春は「島」と続けた。

「他の部署は上層階にあるでしょ？　第四編集部だけ二階にあるからずいぶん離れてる。だからみんなここのことを『島』って呼ぶらしいよ」

「それってバカにされてる気分」

「だよねー。ここに異動になることは、『島流し』なんだってさ」

カラカラと笑う心春に、端っこの机に座る田中《たなか》君がチラッと視線を送ってきた。入社して半年、日毎に元気がなくなっているのは気になっている。

「ごめん、ちょっと仕事させて。残業になっちゃう」

六人しかいない部署だから、各自が営業から撮影、原稿の編集や入稿まで一貫しておこなわなくてはならない。今から編集をして原稿を確認してもらってもギリギリなのは間違いない。

「じゃあ、最後にひとつだけいい？　今度、お別れ会があるでしょ？」

私の隣のデスクの女性スタッフが退職することになったのだ。こっそり教えてもらったところによると、実は転職とのこと。今は有休消化中で不在。デスクの上もすっかり整理されていて、モニターには薄く埃がたまっている。

「ごめん。あとでね」

そっとため息をこぼす。ある日突然来なくなる人もいれば、上層階へ異動する人、隣の女性のように転職する人もいる。なんにしても、見送るポジションなのは変わりない。

どうして私だけがこの部署に残されているのだろう。ああ、それは心春も同じか。

求人情報のレイアウトを変更し、上書きする。ＰＤＦで出力し、クライアントにメールで確認をしてもらう。締め切りまで時間がないので電話で一緒に見てもらう。

「念のため、メールにも確認の返信をいただけますか？」

丁寧に礼を伝え、返信を待つ。校正へ回すころには、やはり定時を過ぎていた。あとは空白になった残りのスペースを埋めなくてはならない。

帰り支度をしている心春に「お疲れ様」と声をかける。

「あ、終わった？　あのさ、話があるんだけど」

メイクを直した心春を見て気づく。いつも定時で忍者のように消えてしまう心春がまだいるなんて珍しい。そういえば、さっきもなにか言いかけてたっけ。

「じゃあお茶でもする？」

私たちの『お茶する』は、一階ロビーの隅にある自販機コーナーのことだ。バッグから財布を取りだそうと手を伸ばすと、高坂さんがこっちに向かってくるのが見えた。

ひと目見ただけで機嫌がわかるのは、日頃の経験から。十月というのにまだ半袖シャツにノーネクタイの高坂さんは、年齢は四十四歳。私とは二十歳も離れている。噂ではこの夏、離婚したそうだ。

髪をオールバックにし、細い目にスリムな体形は爬虫類を想像させ正直苦手だ。いや、見た目じゃなく雰囲気が。心春みたいにこのフロアに息苦しさは感じないけれど、高坂さんと話をするときはいつだってうまく酸素が吸えない。

「下居《しもい》さん、今週分は終わりましたか？」

丁寧な言葉に口元に微笑を添えている。椅子から立ち、あいまいにうなずく。

「枠変更があったので、このあと営業をかける予定です」

急遽空いた枠を埋めるには、得意先に特別価格での営業をすることになっている。得意先というからには、常に人が足りない職場なので毎回なんとか埋めることができるのだ。

そういえば、先週初掲載した居酒屋は結局応募がゼロだったと言っていたっけ。あとでお詫びの電話と新しい枠を勧めてみよう。それでも埋まらなければ、『面接の豆知識』や『履歴書の書き方』などの定番インフォメーションで埋めるしかない。

頭のなかでシミュレーションをする私に、高坂さんは鼻から息を吐いた。

「枠変更ですか。最初に確定しておけばよかったですね」

低い声に体がこわばるのを感じた。けっして悪い人じゃないし、上司にしては丁寧な言葉遣いで話してくれている。なのに、ヘビににらまれたカエルのような気分になるのは毎回のことだ。丁寧なぶん、言葉の攻撃力が高い。

「すみません」

「編集は一度で済むように気を付けてください。あと、月末の『医療・介護特集』のレイアウトを彼に教えるようお願いしましたよね？　彼がひとりでできると思いますか？」

高坂さんが新人の田中君を見た。続いて、私に顔を戻し軽く首をかしげる。これは『なぜやらないのか？』という疑問のポーズだ。

「すぐにやります」

教えるように頼まれていたのに忘れていた自分が悪い。

「よかったですね」

高坂さんは田中君にそう言うと、今度は心春を見やった。

「お別れ会のことですが、二十九日で招集をかけます」

「金曜日ですね。楽しみにしていますー」

にこやかに答える心春に違和感。あれ、心春が幹事だったっけ……？

どうしようか、十月二十九日は私の誕生日だ。まあ、誰に会う予定もないけれど。

去っていく高坂さんを見送ると、田中君が「あの」と蚊の鳴くような声で言った。

「特集のレイアウトは明日でもいいですか？」

「あ、うん。定時過ぎちゃってるしね」

それより気になるのは月末のお別れ会のことだ。これまでは幹事なんてしたことがない心春がどういう風の吹き回しだろう。

「ねえ、心春――」

「あ、お疲れ様」

心春が顔を右へ向けた。いつの間にか田中君がフロアを出ていくところだった。帰宅の挨拶もしなくなった彼は、ひょっとしたら退職を考えているのかもしれない。彼は元々、企画部への配属を希望していたらしいし。

この部署の仕事は、編集部と名前がついていてもメインの仕事は営業。求人枠を埋めることと、スポンサー探しがメインだなんて、やりたい仕事とは違うもの。

モヤッとした負の感情がお腹に生まれ、吐き出すようにため息をつく。お茶して気分転換をしなくちゃ、と財布を手に取るけれど、心春は動かずにじっと私を見ている。

「あのね、柚希。私の話っていうのはね――」

ああ、嫌な予感がする。こういうときはたいてい、聞きたくないことを言われるんだ。ずいぶんともったいつけてから心春はルージュの唇を開いた。

「実は、結婚することになったの。ていうか、もうすぐ式なんだよね。内緒にしてもらってたんだけど、来月で退職。今月末からは有休消化に入るんだ」

「え……結婚？」

「そうなの」と心春ははにかんだ。

「だから、二十九日は私のお別れ会でもあるわけ。ちゃんと参加してよね」

ほらね。こんなふうに、悪い予感ばかり当たってしまうんだ。


バスを降りると同時に、冷たい風が髪を乱した。秋になったばかりなのに、もう冬の予告をされているみたい。

一番苦手な季節が冬。寒さに弱いし、夏ならまだ明るいうちに帰宅できることもあるのに、冬はどの時間に帰っても夜の風景が広がっている。寒いなか出かけるのも嫌だし、夜中に足が冷えて目が覚めるのもつらい。

なのに、幼い頃から記憶にあるのは冬のことばかり。それもたいてい悪いことが起きた記憶だ。私が冬という季節を嫌っているというよりも、きっと冬に嫌われているんだろうな、と思うほど。

街灯の少ない路地を歩けば頬がすぐに冷たくなる。少しずつ冬に侵食され、やがて街は色を薄くしていくのだろう。

スマホのメッセージアプリに心春から『急にごめんね』と書き込みがあった。彼氏がいることは知っていたし、結婚を考えていることも知っていた。でも、いくらなんでも急すぎるよ。

ふと、足が止まる。私は心春に『おめでとう』を言えたのだろうか？　言ったような気もするし、逃げるように仕事に戻った気もする。田中君にも『お疲れ様』と言うべきだった、と彼の背中を思い出す。

社会人になり少しは変わった気がしていたけれど、気の弱さは嫌なほど自覚している。

そして、私はたったひとりの親友を思い出す。

「……彩羽《いろは》」

彼女の名前を口にすれば、うれしさと切なさ、同時に悲しみの感情も込み上げる。思い出から逃げるように早足に進むと、ようやく家が見えてきた。東京都とはいえ、ほとんど千葉県との境に位置している実家は築三十年。何度壁を塗り替えても古臭さは否めない。

玄関のカギを開けてなかに入ると、狭い廊下を進みリビングに通じるドアを開けた。台所では母が洗い物をしていて、リビングのソファには父が寝そべってテレビを見ていた。八歳離れた妹は、部屋にいるのだろう。最近ではあまりしゃべっていないし顔も見ていない。

水道のレバーを閉めた母が、「もう」と怒った声を出した。

「帰ってきたなら『ただいま』くらい言いなさいよ。びっくりするじゃない」

「ただいま」

「ご飯は?」

「食べてない」

短い言葉で返せば、反抗期がまだ続いているような気分になる。冷蔵庫からなにかを取り出しレンジに入れる母を横目に手を洗う。お湯が冷えた体にやさしい。

お茶を淹れ、夕食を食べる。温めきれていない肉じゃがは、じゃがいもの周りがモソモソと口に絡みついて悲しくなる。まあ、作ってもらっている身なので文句は言えないけれど。

普段ならテレビを見に行くはずなのに、母は自分のぶんのお茶を手に前の席に座った。これはなにか話があるときのサインだ。

無視して食事を進める。母も今年で五十九歳。短い髪のせいで若く見えるが、体重は年々増加傾向にあるのは明らかだ。

冬と同じくらい母が苦手。これも口に出してはいけないこと。

「最近連絡は取っているの？」

母の質問にはいつも主語がない。心春にしても周りにいる人は、クイズでもしているつもりなのだろうか。

「誰と？」

ヒントがないと答えようがない。

湯呑を両手で包んだ母が、「ひろくん」と躊躇なく元カレの名前を口にした。箸が勝手に宙でフリーズする。

「は、なんで？　連絡なんて取っているわけがないでしょ」

「どうなのかな、って。ねえ、お父さん」

振り返ると、父はテレビを見たままの恰好で肩をすくめた。もう一度母を見ると「あのね」といくぶん前のめりになっている。

「今日、駅前でばったり会ったのよ。声をかけたらとってもうれしそうに挨拶してくれたのよ」

予想外の答えに箸を置く。どうやら冗談じゃないみたい。

「よく本人だってわかったね」

元カレといっても、大学生のころに数カ月付き合った程度のプラトニックな仲だ。ばったり母と出くわした時に挨拶した程度なのに、覚えていたなんて感心してしまう。あ、一度だけ家にも来たことがあったっけ……。

「全然変わってなくてね。今は、塾の講師をしているんですって」

「…へえ」

興味なげに味噌汁を飲んだ。なげに、というか、本当に興味がない。

「高校二年生も受験勉強がはじまるでしょう？　うちの香菜《かな》もどうかしら、って相談したのよ」

妹を生贄《いけにえ》にするつもりなのか、母は嬉々として話し続ける。

「パンフレットももらってきたのよ。あれ、どこ置いたかしら」

「その話はいいよ」

最初に声をかけてきたのは彼の方だった。ああ、あれも冬のこと。私が小説を書くのに忙しくてなかなか会う日を決めなかったため、自然消滅に近い形でフラれた。

『小説家になる夢、がんばって』

最初から最後までやさしい人だったな。結局、その後すぐに私は編集者になるという新しい夢ができたわけだけど。

「まだ独身なんですって。彼女もいない、って」

「え？」

「あなたの連絡先教えておいたから。ほら、携帯の番号変えたって――」

「待ってよ！」

思わず大きな声を出してしまった。母は予想していたようにスッと口を閉じた。

「勝手に番号教えるなんてありえない。なんでそんなことするのよ」

「しょうがないじゃない。毎日、仕事仕事でちっとも出会いがなさそうだから。あなた、もうすぐ二十五歳になるのよ。いつまでも夢ばかり追ってないで、結婚に向けて努力してほしいのよ」

昔から、母は結婚至上主義を隠そうともしない。これまでも何度か反論を試みたけれど、無駄なことだって身に染みてわかっている。他者の意見を受け付けないところは、妹の香菜そっくりだ。いや、香菜が母に似たのか。

せめてもの抵抗と、わざとらしくため息をついて席を立つ。

「心配してくれるのはありがたいけど、今後、勝手に電話番号を教えるようなら、携帯番号を変えてお母さんには教えないから」

「まあ……」

顔を歪める母に、私の気持ちはわからない。父だってそうだ。なにも言わずに母に従っている姿が、どことなく哀れにすら感じられる。香菜も反抗期が続いているし、正直、母が語る理想の結婚像には程遠い。それすらもわからない鈍感な母親がずっと苦手だったし、それは今も同じ。

バッグを肩にかける私に、母は傷ついた顔のままゆるゆると首を横に振った。

「柚希はずいぶん変わったのね」

「……」

「昔は内気で、家でもなにも話さなかったじゃない。きっと彩羽ちゃんの影響なんだろうけど——」

「やめて」

思わず強い口調で言ってしまった。しん、とした空気のなかテレビの音がむなしく響いている。

「……彩羽の話はやめて。前からお願いしていることだよね？」

「ごめんなさいね」

そんな顔、見たくない。廊下に出て階段をのぼると、ちょうど香菜の部屋のドアが開いた。香菜とは彼女が中学三年生になってから話をしなくなった。高校生になってから髪を茶色く染め、家では派手なジャージを着ることが多い。電話ではゲラゲラと笑い転げているが、私に会うと途端に口を閉ざす。

反抗期の一種かと思っていたが、さすがに長すぎる。たぶん……ううん、私を嫌っているのは間違いないだろう。同じように父とも冷戦状態で、話せるのは母だけ。香菜は私なんていないかのように階段をおりていく。

この家での私はいったいなんなのだろう。毎月一定額を家に入れているのに、疲れて帰れば責められるばかり。モヤモヤとした空気を家族で分け合って暮らしているみたい。会社より、よっぽど家のほうが酸素が薄いと感じてしまう。

ひとり暮らしをする提案を、もう一度してみようか……。

部屋に戻ってからまた一階へ。家族に会わないようにそっと廊下を進み、風呂を済ませる。メイクを落とせばすっきりしてあとは寝るだけ。

ベッドに入り、SNSや動画サイトを渡り歩く。満たされない一日を少しでも取り戻そうとしているのか、そのせいで、最近は寝不足だ。

ようやく電気を消し眠りにつく前、いつも思い出す声がある。

――「ねえ」

空想の友達に声をかける。内気で他人としゃべることが苦手だった私には、幼い頃、空想の友達がいた。空想の友達は私の悩みに丸い声でアドバイスをくれた。

――「ねえ、私の声が聞こえる？」

返事は、ない。空想の友達の声が聞こえなくなってずいぶん経つけれど、今でもたまに声をかけてしまう。最後に話をしたのはいつのことだろう。

懐かしさに身をゆだねれば、眠気が私を包み込んでくれる。

「カンパーイ」

心春のはしゃぐ声に続き、グラスが音を立てた。二十五歳になった今日、心春の送別会が開催された。もうひとりの『見送られる人』は、欠席とのこと。

二階の両部署合わせて六名の参加。田中君からはドタキャンの連絡がさっき来た。同じフロアにいるのに普段は話をしない『たうんたうん』の人たちは、開始早々、内輪話で盛り上がっている。こっちの部署は、今回の主役である心春の馴れ初め話に耳を傾けている。

「で、プロポーズはどんな感じだったのですか？」

向かい側の席でニコニコとハイボールを飲んでいるのは高坂さん。いつもの嫌みな感じもなく、本当に心春の話に興味があるように見えるから不思議。

「プロポーズどころか、デートの行き先すら決められない人なんですよ。『どこでもいいよ』ってそればっかり」

心春の文句に、他部署のメンツもようやく興味を持ったらしく顔を向けた。

「だから記念日の夜中、寝込みを襲い『結婚するの？　しないの？』って問い詰めてやったんです」

「ええ、南さんから？」

「そしたら彼、寝ぼけた顔で『し、しますぅ』って。もちろん録音しておきました」

どっと笑いが起きた。高坂さんもおかしそうに声を上げている。私も、少し遅れて笑みを浮かべる。月曜日からはふたり人員が減り、そのぶんの仕事が回ってくるのを考えると少し憂鬱。新しい人が見つかるまで、他部署から応援は来るのだろうけれど……。

何回送別会を開き、何人の人を見送ってきたのだろう。やはり、冬の訪れとともに私の運気は下がっていくのだろうな。

「ねえ、コーサカさん」

　隣の心春がしなだれかかってきた。酔っ払うと、心春は軟体動物のように姿勢を維持できなくなる。これはまずい、と心春の体を元に戻すが今度はテーブルにあごがつくくらい前のめりになってしまう。元に戻すと「あはは」と呑気に笑う心春。

「なんでしょうか？」

「最後だから言わせて。前から思ってたんだけど、コーサカさんってとっても冷たい人だと思うんだよね」

　ふにゃっと笑みを浮かべる心春の腕をつかむ。

「ちょっと、心春」

「いいの。私、もう今日で終わりだからさぁ。それにこれ、文句じゃなくって感想だから」

　私の腕を解く心春に、全員の視線が集まる。どの顔にもさっきよりも強い興味が浮かんでいる。

「では、その感想をお聞かせください」

　まだ笑みを浮かべている高坂さんの顔を、心春はずいと指さした。

「私の持論としては、どんな仕事でも『たかが仕事』なんだよね。結局は、生きるためのお金稼ぎじゃない？　プライベートを充実させることが生きる目的だと思ってるの」

「同意します」

「それでもね、この仕事はやりがいはあったの。だから、私は第四編集部が大好き。……

「でもね」

と、心春は私を見た。ああ、これはまずい展開だ……。

「心春」

とたしなめる声にかぶせるように心春は顔を前に出した。

「この子は違うの。柚希は小説の編集をしたくてこの会社に入ったの。定期面談の時にも何度も希望を伝えているはずでしょ。なのに、ずっと第四編集部のまま。入社してからずっとずっとずっとずっとだよ」

「やめて」と、低い声で止めるけれど心春は聞く耳を持たない。

「それを知っているくせに飼い殺し状態なんて、コーサカさんは冷たい人。少しのチャンスも与えないなんてひどすぎる。これ、マジで言ってるんだからね」

そこまで言ったあと、心春は背筋を伸ばした。

「私からの遺言だと思って、第一編集部……無理なら第二でもいいよね？」

確認してくる心春を無視してグラスに視線を落とした。

「とにかく上への異動を少しは考えてあげてください。お願いします」

仰々しく頭を下げる心春に、周りの人たちが私に好奇の目を送っているのがわかる。

「なるほど」短く高坂さんは答えた。少し機嫌が悪くなっているのは言葉だけで伝わってくる。

「下居さんは小説の編集をしたいのですね」

「そうだよ」と答えたのは私じゃなく心春。

「高校生の時からずっと小説を書いてる。同じように小説家を目指す親友がいて、その子をサポートするために編集者を目指してるんだよ。柚希が書いた小説も、たしか投稿サイトに載ってるんだよね？」

ええ、と歓声のような声が起きた。

「下居さんの書いた小説読んでみたい」「どこのサイト？」「教えて」

たくさんの声にいたたまれなくなり、ビールに逃げた。

「教えてあげればいいのに」

敵なのか味方なのかわからない心春の腕を今度は強くつかんだ。

「今はもうやってないんだから、余計なこと言わないで。サイトだって何年も見てないし」

私の反応が悪いので、みんなはほかの話題に移り出す。高坂さんはどんな顔をしているのだろう。もう、見ることもできない。

久しぶりに小説投稿サイトのことを思い出し、胸が苦しくなる。最後に見たのは、一年前の冬の夜。その時に、もう二度とログインしないと決めたのだ。

「たまには覗いてみたらいいのに。案外、ノスタルジックなもののなかに未来へのヒントがあるかもよ」

心春だけはさっきの話題を続けたい様子で、私にもたれかかってくる。

「小説を書くのはやめたの」

そう、もうやめた。二度と私は物語を書かない。

「編集を目指してるならそういう努力もしなきゃ」

「自分だって編集を目指してたのに」

心春が「ふ」と笑ってから、

「私は結婚するからいいの」

そう言った。まるで結婚することで、すべてがリセットされるような言いかただと思った。


二次会に行く人たちを見送り、駅前のベンチに腰をおろした。普段はお酒を飲まないので、飲み会のあとはたいていここで休憩をしてから帰る。

電車を乗り継ぎバスに乗る前に少しでも酔いを醒ましたかった。

火照った頬に手を当てて目を閉じていると、街の音が押し寄せてくるみたい。

間違いなく、史上最悪の飲み会だった。心春は『遺言』だと言ってたけれど、あれは爆弾に近い威力があった。私のためを思って言ってくれたんだろうけれど、月曜日からも高坂さんと顔を合わせる身にもなってほしい。

「下居さん」

ふいに声をかけられ身構えた。見ると、高坂さんが目の前に立っていた。暗くて表情がよく見えない。

「あ、すみません」

立ち上がろうとする私を、高坂さんは右手を出して止めた。

「そのままでいいです。さっきのことでお話があります」

人は、酔っていると心が大きくなるのだろうか。その時の私は、高坂さんに期待をしていたと思う。私の希望を知った彼がアドバイスをくれるんじゃないか、と。

そんな期待は、「僕は」と口にしたトーンの低さで幻だってすぐにわかった。

「下居さんが第一編集部を希望しているなんて知りませんでした」

「あ、はい……」

「定期面談の際にも、そういうことは口にされておりませんでした」

「……すみません」

ふう、とため息をついた高坂さんが腕を組み一歩近づいた。街灯に映し出される顔は、仕事でよく見る不機嫌なものだった。

「今の部署にいたいものだと勘違いしていました。前から思っていたのですが、自分の意思を口にしないのはなぜですか？」

「それは……」

答えようとしても言葉は出てこなかった。たしかに、就職の面接で言ったっきり、小説の編集をしたいという希望を口にしたことはなかった。チャンスはいくらでもあったのに、いざその場になると黙ってしまう。面談の時も、その場が早く終わることを急ぐあまり、無難に受け答えしていた。

なにも言わない私に、高坂さんはゆるゆると首を横に振った。

「正直に申します。自分の意見を言えない下居さんに、第一編集部の仕事が務まるとは思えません」

木枯らしがぴゅうと吹いた。枯葉が音を立てて道の端っこに流され、小さく円を描く。そのあとも高坂さんはなにか言っていたけれど、めまいを耐えるのに必死でなにも答えられなかった。

『第一編集部の仕事が務まるとは思えません』

ぐるぐると回る言葉がようやく消えたころには、高坂さんはいなくなっていた。さっきよりも暗い街並みが静かに私を責めている。

だって、と心の中でつぶやく。そのあとを続けると、もういない親友の顔が浮かびそうで心に蓋をした。冬という季節はいつだって彩羽のことを思い出させる。ああ、だから苦手なんだ。

洟をすすってから、自分が泣きそうになっていることに気づいた。込み上げる涙が、街の明かりを滲ませている。

このまま今の会社にいてもいいのかな。ひょっとしたら、私はずっと逃げ出したかったのかもしれない。心春みたいにきっかけがあればよろこんで辞表を書いただろう。

もう小説は書けない。小説の編集者という夢も遠くへ消えた。それは大切な親友を失ってしまったから。

そこまで考えたところで、視線の先に白いスニーカーが見えた。顔をあげると、若い男性がじっと私を見ていた。ふわっとした栗色の髪に、丸い瞳。年齢は同じくらいだろうか？　赤いパーカーにジーンズの男性は、時季外れのサンタクロースみたい。

ナンパの三文字が頭に浮かんだが、クライアントのひとりとも考えられる。取り繕いの笑みを浮かべようとする私に、彼は首をかしげた。

「君、柚希だよね？」

「え……はい」

仕事関係なら下の名前では呼ばないはず。呼び捨てにするってことは、ひょっとして学生時代の知り合いだろうか。けれどどんなに考えても、目の前の男性に心当たりはなかった。そんなに酔っていないはずなのに、どうしたのだろう？

そもそも、『君』と呼ばれることは日常生活ではあまりない。

男性はうれしそうにほほ笑んだあと表情を戻し、もう一度首をかしげた。

「僕の名前を呼んでみて」

「名前……？」

「僕の名前を呼んでほしいんだ」

ロボットのようにくり返す彼に、無意識に体をこわばらせる。なにか、おかしい。

「自分の名前がわからないの？」

尋ねると、男性は心外そうに顔をしかめた。

「僕は僕のことを知っている。そうじゃなくて、君に思い出してほしいんだよ」

変な人に声をかけられているんだ、とようやく理解する。どうすれば無難にこの場から逃げ出せるか考えようとして、ふと気づく。

「どうして私の名前を知っているの？」

「下居柚希のことは知ってる。過去に囚われ、現在を生きていない人」

これには少しムッとしてしまった。なんで初対面の人にそこまで言われなくてはいけないのよ。

「いきなり失礼じゃないですか」

「そうかな」

心外とでも言いたげに目を丸くする男性を見上げながら必死で考える。記憶をいくらたどっても、やはり知らない人だ。

「過去に囚われてなんていません」

「そうかな」

同じ言葉をくり返す男性に、酔いも手伝ってかムカムカが大きくなっていく。

「そもそもいきなり話しかけてきておいて、ヘンなことを言わないでください」

立ち上がると同時に、めまいがぐわんと襲ってきた。必死で耐えても、メリーゴーランドに乗っているみたいにぐるぐると景色が回っている。私の肩に手を置く男性に、皮肉なことに支えてもらっている感じだ。

「なぜ柚希が今を生きていないか、わかる？」

目を閉じて首を横に振る。ひどく、みじめな気持ちだ。いつだって、誰かに責められて生きているような、そんな気分。

いつから私はこんなふうになってしまったのだろう。

「ごめんなさい。本当に覚えていないんです」

力なく答えると、男性は「大丈夫」と言った。

「僕を思い出すには、自分の過去と向き合えばいい。過去を覗けば、僕の名前だけじゃなく、本当の君の姿も思い出せるから」

また過去を覗く話か……。『除く』のほうをがんばっているのに、どうしてこんな話ばっかりなの。いい加減にしてほしい。

「それがどうあなたと関係しているんですか。それに……過去の私は今よりもずっと不幸だった。思い出したくないことばかりだから」

どんなに求めても、彩羽はもういない。私のたったひとりの大切な友達には、永遠に会うことができない。

なるべく考えないように生きてきたのに、今日はやけに思い出してしまう。

「思い出したくないんです」

くり返す私に、男性は「ん」とわかっていたかのようにうなずいた。

「忘れたいことほど忘れられない。本気で忘れたいなら、逃げずに向き合うこと。過去を思い出せるアイテムを探してみて」

「アイテム……」

「また会いに来るから。君が僕の名前を思い出せるまで、何度でも」

背を向けた男性の髪が風に揺れた。もう振り返りもせずに去っていくうしろ姿を見送ってから、私も歩き出す。

どこかで会った気もするけれど、思い出せない。

足元から這い上がる寒さが、冬の訪れを私に教えている。

今のは冬が見せた幻だ。仕事のことも家のことも彩羽のこともすべてが幻。

そうやってやり過ごせばいい。見ないフリで生きることには慣れている。

家に戻ると、リビングには誰もいなかった。煌々と光る照明がまぶしくてうつむいたまま、冷蔵庫から炭酸水を取り出した。母は風呂に入っているのか、シャワーの音が聞こえている。

足音にふり返ると、香菜がリビングに入ってくるところだった。持っていたスマホを右手に冷蔵庫からお茶を出している。スマホの画面にはゲームらしきものが映っていて、頭につけたヘッドフォンから軽やかな音楽がわずかに漏れている。やはり私は透明人間らしく、香菜は一度も視線を合わせることなく出て行ってしまった。

私とは話したくないんだろうな。少し時間を空けてから自分の部屋へ行き、荷物を置いて着替える。こんな日はさっさと寝てしまうに限る。

最悪な誕生日、という言葉が頭に浮かび、ため息が出る。今日、共通していたことは、みんな私の過去について話題にしていたこと。

過去を覗く、ってなんのことだろう？

彩羽のことを思い出さないように意識してきた。思い出せば苦しくなるし、これ以上自分を責めたくなかった。

……そういえば、小説投稿サイトについての話が出ていたっけ。長い間ログインすることもなく放置している小説投稿サイトに、私のアカウントはまだ残っているのだろうか？

高校生の時に初めて作品を投稿した時に、初めて自分の未来が見えた気がした。結局、小説家という夢は編集者へと変わったけれど、厳密には今も叶えられていない。

彩羽の作品はまだサイトに残っているのだろうか？　サイトの名前は『ノベルスター』だ。これも久しぶりに思い出した。

あの頃、私は彼女のいちばんのファンであり、編集担当でもあった。なのに、それを私がこわしてしまったんだ。

バッグのなかからスマホを取り出し、ブックマークを見るが消去したらしく残っていない。検索をかけるとすぐに懐かしい小説投稿サイトにたどり着いた。簡素だったトップページは華やかに装飾されていて、時が流れたことを知る。

画面を閉じようとする指をすんでのところで止めた。彩羽のペンネームは……『植野《うえの》いろは』。忘れるわけがない。ずっと避けてきたけれど、こんな悲しい誕生日の夜、久しぶりに彩羽の小説を読むのもいいかもしれない。

検索ワードに『植野いろは』と打ち込み、虫眼鏡のマークを押す。

……あった。

彩羽のトップページを開くと、そこには――。

「嘘でしょう……？」

何度見ても間違いない。大好きだった作品群のいちばん上に、『私のともだち』という見たことがないタイトルがある。数秒迷ってから、タイトルの文字を押す。

そこには『第一話』と書かれた文字があり、更新日時の欄には今日の日付が記されてある。下には簡単な説明文が表示されていた。

『植野いろは待望の新作　毎月更新予定です』

指先が震えて『第一話』の文字を触れない。まるで真夏のように額に汗が滲むと同時に、背中がゾクゾクしている。

そんなはずがない。彩羽の新作がアップされるなんて、ありえない。

だって……彼女を殺したのは私なのだから。

『私のともだち』

My Friend

著：植野いろは

第一話「アオイソラ」

子供のころから『愛想がいい』と褒められることが多かった。親戚や近所の人に会うと、満面の笑みで挨拶をした。

『彩羽ちゃんはお行儀がいいのね』『とってもお利口さんね』

褒められるたびにあたしは決まって母の顔を見る。普段はため息ばかりの母が、顔をほころばせるのがうれしかった。もっと笑う顔が見たくて、あたしは大人たちに愛嬌を振りまき続けた。

父は出張が多く、あまり家に帰ってこない人。いるのかいないのかわからない。

兄はやさしかったけれど、無口な人だった。珍しく家族全員がリビングに集まることがあっても、はしゃいでいるのはあたしだけで、みんなで大笑いした記憶はない。

だから、小学校の卒業式前日に両親が離婚することを知らされた時も、お腹のなかにあるモヤモヤを無視して笑った。

『大丈夫だよ。あたしがついてるから』

母に元気になってもらいたくて言ったのに、最後まで笑ってはくれなかった。

卒業式には誰も出席してくれなかった。それでも、離婚しても何も変わらないと思い込んでいた。

『もう母さんは帰ってこないんだよ』

その夜、兄が静かに教えてくれた。その時になって初めて出ていくのは母のほうだったと知った。あたしの知らないところで、色んなことが決まり、動いていくことを実感した最初の出来事だった。

母の部屋はがらんとしていて、昨日までいたのが嘘のように片付いていた。いつも座っていた化粧台も、いい香りがしている衣装棚も最初からなかったみたい。

すぐに帰ってくると信じていたから、あたしは泣かなかった。だけど、そんな日は二度と訪れることはなかった。

母は、あたしになにも言わずに出て行った。次に会う約束もなかった。家の電話が鳴るたびに、あたしは走って受話器を取った。毎日、郵便受けに手紙が届かないかをチェックした。スマホを買ってもらったあとは、番号を教えてもいないのに着信を待ち続けた。

どれだけ待っても母からの手紙や電話が来ることはなく、ようやく気づいた。

――あたしは母に捨てられたんだ。


十三歳の夏、家にひとりでいると電話があった。電話の相手は、母の恋人だと名乗った。やけに早口で、名前は聞き取れなかったけれど、あたしが娘であることを知ると、彼はうめき声をあげて泣いた。

『彩羽ちゃんのお母さんが、亡くなりました』

会ったことのない男性に『ちゃん』付けで呼ばれたことの嫌悪感で、母の死は少しかすんで耳に残った。

もうどんなに愛想よくしていても、母は戻ってこないんだ。ショックというより、長い間をかけて難問を解いた気がした。

『わざわざご連絡ありがとうございます』

笑みさえ浮かべお礼を言うあたしに、電話口の男性はまだ嗚咽を漏らしていた。


そんなあたしだから、高校生初日の今日も笑みをずっと浮かべている。

わかってる、もうゲームは終わったんだって。母が亡くなって二年以上が過ぎているし、どんなに愛想よくしたって誰も褒めてくれない。

なのに、空気を柔らかくすることが使命であるかのように、場の雰囲気ばかりを考えてしまう。三つ子の魂百まで。今は十五歳だからあと八十五年もある計算だ。

空には四月の雲がぽつんと浮かんでいる。

クラスメイトがひとりずつ教壇に立ち自己紹介をさせられている。名前や趣味を照れながら言う顔、顔、顔。そっと笑顔の仮面をつける自分を遠くで感じながら、挨拶が終わるたびに拍手を贈った。

「じゃあ、次の人」

ワックスで髪を立たせた若い男性教師が言うと同時に、あたしの前の席の女子が、ガタン！　と椅子を響かせ立ち上がった。

思ったより大きな音が出たことに焦ったのだろう、両手で口を押さえながら急ぎ足で教壇へ向かう。肩までの髪が窓からの光でキラキラ輝いていて、思わず自分の髪と比べてしまった。

　女子はうつむきながら教壇の端っこに立った。どんな顔をしているのかよくわからない。

「下居柚希です。よろしくお願いします」

　蚊の鳴くような声、さらには早口大会かのようなスピードで言うと、逃げるように席に戻る。話すのが苦手な人ってたいてい早口だ。電話をしていても、早く話し終わりたいという気持ちが前面に表れがち。きっと下居柚希もそうなのだろう。

　母の死を告げた男性もそうだった。名前も覚えていないし、葬式にも参列しなかったので、あの電話が最初で最後の会話となった。彼は母の死を嘆いていた。きっと、母は幸せだったんだろうな……。

　もう、どうでもいいことだけれど。

　下居柚希は、前の席で背中を丸めうつむいてしまっている。なにから身を守っているんだろう、というくらいの防御体勢。次はあたしの番だ。

　席を立ち、ゆっくり教壇へ進む。視線が集まるのを感じながら教壇に立つと同時に、男子の何人かは興味なげにそっぽを向いた。女子は値踏みするようにあたしを上から下まで観察している。あたしは知っている。人は第一印象で、その人のイメージを固定させるってことを。

「はじめまして。上野《うえの》彩羽です」

　教室内を見回しながら言う。もちろん笑みは意識するけれど唇の端に載せる程度。あまり自信ありげな雰囲気は敬遠されるだろうから。

「父の転勤で中学生の時に東京に来ました。趣味が読書と掃除なので、完全にインドア派なんです。だから家にいることが多くて、未だにこの街のことはよくわかりません。今朝もあやうく迷子になるところでした」

何人かの生徒が笑い声をあげたが、すぐに口を閉ざすのがわかった。目立つことは苦手な年ごろだから。

ふと、強い視線を感じた気がした。さっき自己紹介した下居柚希と目が合う。まるでフリーズしたように動かない彼女に笑みを送ると、ようやく我に返ったように下居柚希は机とにらめっこに戻る。

「どうぞよろしくお願いいたします」

お辞儀は挨拶と同時にするより、言い終わってから下げるほうが美しい。角度は三十度で、頭を下げたあと一秒しっかりと動きを止める。母が教えてくれたことを実践し、拍手のなか席へと戻る。もちろん笑みは浮かべたままだ。


放課後になり、ひととおりクラスの女子には挨拶を終えることができた。ラインの交換や写真撮影はよろこんでする。だけど、「このあとカラオケ行かない？」には申し訳なさそうに断りを入れた。

「カラオケ苦手なんだよね」

本当は大好き。

「それにバイト入ってるんだ。あ、ショップとかじゃなくて工場みたいなとこ。えー、おすすめできないよ。暑くて大変だから」

バイトなんてしていない。

「また誘ってね。次はバイト休んででも行くから」

まったく行かないのは嫌われる種になる。それは、すぐに芽を出し葉を生い茂らせるだろう。次回の誘いには乗らなくちゃ。

行動をする前にシミュレーションをするのはいつものこと。

バイバイと手を振れば、今日の役割は終わり。荷物を取りに戻りながら、柚希がまだ席に座っているのは見えていた。スマホをじっと眺めているその顔はまだよく見えない。彼女とはまだちゃんと話をしていないことを思い出した。

「柚希さん」

声をかけるが、聞こえていないらしくスマホの画面をスクロールしている。指先が細く、バックライトのせいかやけに白く見えた。

「柚希さん、なに見ているの？」

さっきより大きめの声で尋ねると同時に「ひゃ」と柚希は短く悲鳴をあげた。糸みたいに柔らかい髪が跳ねて、ゆらゆら躍る。おもしろいくらいに怯えた表情に、遠い記憶が頭をかすめた。

こんなふうに気弱な性格だったら、母は家を出て行かなかったのだろうか？　元気なあたしが家にいれば大丈夫、って思ったの？

結局、母はあたしの本当の姿なんて見ようともしなかった。そういうことなのかな、そういうことなのだろう。

戸惑ったようにうつむく柚希に、思い出の再生を一時停止する。

「スマホ、買ってもらったんだ？　それ、こないだ出たやつだよね？」

「はい」

「同い年なんだから敬語はなし。スマホといえばこの間ね——」

「あ、あの。小説……」

話の途中で意を決したように柚希は言った。

「小説？」

前の席に座り、顔を近づけると、同じ幅でのけぞりながら柚希はスマホの画面を目の前に差し出してくる。時代劇に出てくる印籠みたいだ。

「あの……小説を読むのが好きで、投稿サイトを見ていたの」

「え、マジ？」

あたしの言葉に傷ついたようにスマホの向こうで柚希はさらにうつむいてしまう。

「だよ、ね。あの……さっき、読書が趣味って言ってた……から」

ただ前の席だから、という理由でひと言ふた言話すつもりだった。だけど、彼女が見せている画面は、あたしがよく知っている画面だった。

「マジ、って言ったのはバカにしてるわけじゃなくってさ……」

周りにクラスメイトがいないのを確認し、あたしは「あのね」と小声で言った。

「それ、『ノベルスター』でしょう？　実はあたしもその小説投稿サイト、よく見てるの」

あたしの言葉に柚希はやっと顔をあげてくれた。ぽかんとした顔のまま、スマホを持つ手が重力に負けて机の上にぱたんと落ちた。

驚いた。柚希はすごくかわいかったのだ。正確に言えば、かわいくなる顔。ノーメイクだし、眉毛も揃えていないけれど、透き通るような肌に大きな瞳、鼻筋は嫌みじゃない程度にとおっていて唇はうらやましいほどのピンク色。だけど、それを隠すように柚希はまたうつむく。

——柚希に笑ってほしい。

願いにも似た感情が急に湧きあがり、あたしは話したがる口を強引に閉じた。下校を知らせるチャイムが響く。

これまで、偽りの自分を演じることで誰からも好かれようと思っていた。高校生活でも同じようにするつもりだった。

なのに、柚希を笑顔にするためなら本当のことを言ってもいいような……ううん、むしろ正直に言いたいと思った。顔から笑みがスッと消えるのがわかった。

「ここだけの話だけど、あたし、そのサイトに自分で書いた小説を投稿しているの」

誰にも言ったことがなかった秘密は、いとも簡単に言葉になり放たれた。

小説のなかでだけは、本当の上野彩羽でいられる。嘘偽りない自分の気持ちを感情の赴くままに描けた。最近では小説を読む時間よりも執筆にいそしむ時間がどんどん増えていた。友達付き合いをあまりしないのも、執筆の時間がほしかったから。

「作品を……？」

「短編を何本かくらいで、読んでくれている人も少ないけどね」

「すごい……」

小さな声でそう言ったあと、柚希は不安げに私を見つめた。迷うように何度もまばたきをしたあと、柚希は言う。

「私……小説家になるのが夢なの」

その言葉は、まるで頭のなかで直接響いているみたいにはっきりと聞こえた。

「あたしも同じ。いつか、小説家になりたい。ううん、なってみせる」

今日初めて会った人に、本当の気持ちを話すなんて思いもしなかった。するりと出た言葉にあたしが一番驚いている。

だけど、柚希があまりにもうれしそうに笑うから、気づけばあたしも自然に笑っていた。これまでの笑みとは違って、心から笑っているってわかったんだ。

それからあたしたちは学校ではいつも一緒にいるようになった。お互いのペンネームは内緒のまま、投稿サイトに掲載されているおすすめ作品について情報交換をした。

他のクラスメイトとは上っ面でやり過ごし、放課後になると先生に追い出されるまで柚希と話し込んだ。柚希は見かけによらず、ミステリーを好み、それまでノーマークだったジャンルのよさを教えてくれた。

逆にあたしの薦めるヒューマンドラマの作品を、柚希は読み漁ってくれた。読んだあとはきまって長い感想メールを送ってくれたし、あたしも同じようにした。柚希の声は少しずつ大きくなり、あたしの目を見てくれることも多くなった。はにかんだようにほほ笑む柚希と一緒にいると楽しかったし、なによりも同じ夢を持っている人と知り合えたことがうれしい。

クラスでもあたしたちが小説家を目指していることは知れ渡り、リーダー的存在の女子グループから誘われることもなくなった。別に嫌われたわけじゃなく、教室では普通に話はする。

上野彩羽と下居柚希という苗字から、『上下コンビ』というふたりだけのグループとして認知された感じだ。

二学期の終業式はクリスマスイブだった。

いつものように先生に追い払われたあと、校門の前であたしたちは自分のペンネームを教え合った。柚希のペンネームは『下　遊子《ゆず》』で、あたしのペンネームは『植野　いろは』。お互いに本名を少し変えた程度なのが同じで笑い合った。柚希はまだ小説を投稿していないらしく、書きかけの作品は非公開になっていた。いつか完成した作品を読むのが楽しみだ。

冬休み初日は、柚希と図書館に行く約束をしていた。小説投稿サイトで賞を取りデビューするのがあたしたちの目標。そのためには、プロの作品から学ぼう、とどちらからともなく言いだしたのだ。

この地方に、珍しく雪が降っていた。初雪は美しく、図書館へ向かう道を違う景色に映した。躍るように落ちてくる雪は世界を冷やし、指先が痛いほど。コートの前を合わせ駅前にある図書館につくと、入口に柚希が立っていた。黒いコートに黒いスカートというコーディネートはあいかわらず。だけど、最近は眉毛もカットしているし、教えたようにメイクもできている。

「お待たせ。雪だね」

そう言ったあたしは柚希の顔を見て驚いた。柚希の瞳に涙がいっぱいたまっていたから。

「え、どうしたの？　体調悪いの？」

「違うの」

首を横に振る柚希の頰に涙がこぼれた。柚希はスマホの画面を私に見せた。

「彩羽の作品、読んだ、んだけど、言葉に、できない」

言葉を区切りながら柚希は言う。画面には公開している作品の表紙が映っている。『家族という名のゲーム』は、あたしの最新作だ。

「ああ、でも小説だよ」

「そうじゃなくて」

洟をすすってから柚希は何度も深呼吸をした。

「こんなにすごい作品だと思わなくて」

「やめてよ。感想を聞くのが怖いからペンネームも教えなかったんだから」

館内に入ろうとするあたしの腕を柚希はつかんだ。びっくりするほど強い力だった。

「でも、でも……すごかったから。文章があたたかくて冷たくて、でもやさしくて……うまく言葉にできないけど、どうしても伝えたかった。彩羽、すごいよ。私、本当に感動したの」

泣きながら笑う柚希は雪によく似合っていた。久しぶりに褒められたのがうれしくてたまらない。同時に心の奥で、もういない母のことを思い出していた。

なぜだろう、急に母が亡くなったことをリアルに感じたんだ。ぼやけていた悲しみが時間差で襲ってきたような気分だった。

鼻がツンと痛くなってすぐ、あたしの頰に涙がこぼれていた。ふたりで泣き合ったあの冬、あたしたちはたしかに友達だった。

「引っ越しをすることになったの」

あたしがそう言ったとき、柚希はきょとんとしていた。

「え……どこに？」

ようやく言われた意味が理解できたのだろう、柚希は曇った顔をした。いつの間にか高校生活も終わりに近づいている。柚希は大学に進学、あたしは就職が決まっていた。

「親が静岡に転勤になってさ。就職活動もやり直しだよ」

明るく言う私に、柚希は「そう」と言ってうつむいてしまった。

「大丈夫、静岡なんてすぐなんだから。それにリニアが走ればもっと近くなるよ」

「……うん」

リニアは静岡には停車しない予定。そもそも運行がはじまるのはまだまだ先のこと。そんなこと、言えるはずがなく黙り込む。

柚希の潤んでいる瞳に悲しみが満たされていくのがわかる。本当はこの地に残ってひとり暮らしをしたい、と何度も父にお願いをした。けれど、父はかたくなにそれを認めず、引きこもり気味の兄までも同じように反対した。

「お金を貯めたら、もっといい就職先を探しに戻ってくるから」

それがいつのことになるのかはわからない。だけど、柚希と離れて暮らすのは厳しい。

やっと見つけた本当の友達。いつしか、あたしはそんなふうに思うようになっていた。

「それにさ」としんみりしそうな気持ちを鼓舞して柚希の手を握る。

「結局、柚希の小説、完成してないでしょう？　処女作を読むのも感想を書くのも絶対にあたしが最初なんだから。会えない期間なんてちょっとの間だよ。だから――」

ごめん、と謝るのも違う気がした。

「だから、がんばろう」

自分を納得させるように何度かうなずいてから柚希はその小さな口ですう、と息を吸った。

「うん、がんばる」

湖のようにたまる涙をこらえて、柚希はうなずいた。髪がさらさらと揺れ、触れたい気持ちをこらえる。柚希に会えないことが急にリアルに感じられ、切なさが体のなかで爆発しそう。胸が、やけに痛い。

その時になってあたしはやっと気づいた。

――あたしは柚希に恋をしている。

今思えば、出会った日からずっと恋していたんだ。

離れてしまったら、毎日のように柚希のことを想うのだろう。

けして口には出せない気持ちはいつか柚希に届くのかな？　届かなくていい、届かないでほしい。誰よりも心がそばにいられれば、それだけで幸せ。

だから柚希、これからも友達でいてね。

第二章　責めるように風が吹く

幼いころから内気だった。みんなが私に注目するのが嫌でたまらなかったので、視線は斜め下で固定していた。幼稚園でみんなと一緒に遊ぶ時も、輪の外側に居場所を置き、話しかけられてもあいまいにうなずく程度でやり過ごす。

だから遠い記憶に残る映像は、土やアスファルトばかり。

ひとりでいる時は、空想の友達と会話をすることが多かった。

――「今日は暑いね」

――『ほんと、暑いね』

――「先生、今日は元気がないみたい」

――『柚希はまた人のこと気にしてる』

周りの顔色ばかり窺う私に、空想の友達は呆れた声で言っていた。

大きくなるにつれ集団での行動が増え、うまく話せない私には落第点がつけられるようになった。最初は親も悩んだらしく、子供会の集まりには積極的に参加させられた。なんとかやり過ごす方法を見つけていくうちに、空想の友達は声を聞かせてくれなくなり、やがて消えた。

どんなに苦しくても悩んでも、出てきてくれない心の友達。きっと、呆れられ棄てられたんだと泣いた。

でも、高校入学の初日に会った彩羽が、私の世界を変えてくれたんだ。

十一月になったとたん、街は冬色になった。街灯はブルーの電飾に彩られ、ショッピングモールの壁には気の早い『クリスマス』の文字が並んでいる。

求人情報誌にとってこれからの時期は厳しくなる。世間は年末年始に意識がいき、『仕事探しは年が明けてから』と考える人が増える。募集する側も同様で、掲載数自体がぐんと減る。あるのは単発バイトばかりで、年末年始合併号にしたところで情報誌の厚さはたかが知れている。同時に、休み明けに発行するための原稿もアップしなくてはならず、通常より激務となる。

とはいえ、まだ十一月。今日は珍しく営業の手ごたえがよく、来週号の記事はほぼ埋めることができた。壁時計を見ると午後九時を過ぎている。あとはレイアウトの最終確認と、クライアントへ確認メールを送れば今日やるべき仕事は終わることができる。

「下居さん」田中君がキーボードに手を置いたまま顔だけ私に向けている。

「こっち終わったんで、年末号のレイアウトやりましょうか?」

上目遣いで尋ねる田中君のことを、私は密かに『猫』だと思っている。いつも眠そうなのに、定時を過ぎた頃から発言が増える。くりっとした丸い目に、けして笑わない横顔。猫背も相まって、そう思うようになった。

壁時計をもう一度確認し、首を横に振る。

「今日はここまででいいよ」

「なにか手伝わせてください」

答えを予想していたように田中君は間を置かずに言った。

「あと少しだから大丈夫。今日はもう帰って」

八時以降は照明も最低限に落とされるので、モニターがやけにまぶしく感じられる。

メールを送信している間に、田中君は帰ったようだ。

少しそっけなかったかな、とも思うけれど、昨日高坂さんに残業代についてチクチク言われたところだし……。自分への言い訳を一瞬でできるのは、私の強みなのか弱みなのか。

パソコンの電源を落とすと、世界にひとりぼっちの気分になる。バッグに私物を入れながら、無意識にスマホを手にしていた。指紋認証で起動させると、画面には『私のともだち』のトップページが現れる。毎日のようにくり返し読んでしまう。

彩羽のペンネームである『植野いろは』の下に、最終更新日が記載されている。私の誕生日に公開された作品の読者登録はまだ数人程度。

この作品を彩羽が投稿した可能性はゼロだ。亡くなってしまった彼女が、新しい小説を投稿できるわけがない。

でも……と、第一話を目で追う。ここに書いてあることは、私と彩羽しか知らない思い出ばかり。それくらい出会った日のことが克明に描かれている。違う目線で見た出来事でも、あの日私たちが共有したことに変わりはない。

それでも、彼女がもういない、という事実もまた同様に存在している。この世界のどこを捜しても、彩羽にはもう会えない。

なんらかの不具合で更新日は新しく表示されているものの、投稿はずいぶん前にされていたのだろう。

だとしたら、これは彩羽にとって最後の作品ということになる。小説、というよりは自叙伝のような書き方。

私とのことを書いてくれているなんてうれしい、苦しい、悲しい。

改めてサイトの下部に表示された出版社名を確認する。『丸川出版』は、大手の出版社。ここが小説投稿サイト『ノベルスター』を運営しているのだ。

そういえば……と引き出しの奥にある名刺フォルダを取り出す。丸川出版に転職した同期がいたはず。

普段使用しない名刺を押し込んだフォルダから、その名前を探す。街でばったり再会した時に名刺をもらった記憶がある。丸川出版に転職したと聞いて驚いたっけ。

彼の名前は……そうだ、高林信路《たかばやししんじ》だ。先輩から『シン』と呼ばれていたっけ。

ようやく見つけた名刺にはやはり丸川出版の文字があり、下には仕事用の携帯電話番号があった。彼に聞けばなにかわかるかもしれない。

受話器に伸ばす手を意識して止めた。

彼は、同期組のなかでも有望株として知られていた。クライアントへの受けもよく成績もずば抜けていた。けれどある日、突然会社を辞めてしまったのだ。

今さら聞ける間柄でもないし、偶然会ったのもずいぶん前のこと。それに、今回のことをどう説明していいのかわからない。

風船がしぼむように電話をする気もなくなり、名刺を戻そうとして気づく。裏面にメッセージアプリのＩＤが手書きで書いてあった。

『せっかくだから連絡してよ。時間外はケータイ切ってるからこっちに』

街で再会した日、高林君は胸ポケットからペンを取り出し書いてくれたっけ……。そんなことも忘れ、結局連絡しないままだった。

さすがに気まずい。最後に会ったのは、彼が会社を辞めて半年後の冬だった。つまり、一年近く放置したことになるわけで……。

——ねぇ、どうすればいい？

空想の友達に尋ねるのはいつものこと。返事がないのもいつものこと。

今ならわかる。空想の友達なんて最初からいなかった、と。人とうまく話すことができない私が見せた幻だったんだ。

名刺を元の場所にしまう。高林君が丸川出版に勤めていることを忘れてしまえば、なかったことになる。

そうやって、気づかないフリで生きてきた。これからも、それでいい。

駅へと向かう道は閑散としていた。急に温度が下がったせいで薄いコートでは厳しいこの頃。攻撃してくるほど尖った風にあおられそうになり、バッグからストールを取り出した。明日は休みだし、本格的に衣替えをしないと。

家に帰ったって心は晴れないのに、どうして急いでいるのかもわからないまま帰り道を急ぐ。視界にはいつも少し先の地面がある。

結局、あの頃となにも変わっていない。彩羽の小説にも書いてあったとおり、三つ子の魂百まで。

内気な私と違い、彩羽は最初に会った日から社交的だった。まぶしい太陽みたいで、私とは正反対の場所にいる人だと思った。でも、同じ投稿サイトを見ていることが私たちの距離を縮めていったんだ。

あの小説の主人公が彩羽そのものだとしたら、彼女は彼女で悩んでいたんだな。私はそんなことも知らず、甘えてばかりだった。

最後に書いてある私への恋心はフィクション。小説の体を成すためにデフォルメしたのだろう。そんな態度、一度も取られた記憶がないし、高校時代はかっこいい男子の話をしたこともある。

「ああ」

結局、彩羽のことばかり考えてしまっている。こんなことになったのは、あっさり退職した心春と、送別会の帰り道に会った不思議な男性のせいだ。過去を見るなんてろくなもんじゃない。

そこまで考えたところで、自然に足を止めていた。正面にベンチが見える。あの男性に声をかけられた場所だ。

……また現れたりしないよね。

自分の名前を呼べ、なんて、おかしなことを言う人だった。今思えば、酔っ払いのたわごとか、悪酔いした私が見せた幻覚だったのかもしれない。もしくは新手のナンパか。

再び歩き出そうとした時だった。

「下居さん？」

私を呼ぶ声に体が固まる。でも、声の主は聞き覚えのある男性の声。

恐る恐るふり向くと、

「え……高林君？」

さっき名刺で確認したばかりの高林君が青いＬＥＤに照らされ立っていた。

駆けよる高林君のコートが風に揺らめく。私の前に来ると、高林君は白い歯を見せるように笑った。

「やっぱり下居さんだ。久しぶりだね」

「これって……どっきり企画なの？」

思わずそう言ってしまった。

「どっきり？　下居さん、酔っぱらってるの？」

大きな声で笑う高林君を見てもまだ、実感はないままだった。

「なるほどね」

二杯目のビールを飲み干したあと、高林君は軽くうなずいた。

「もう会えない親友の小説が新たにアップされていたわけだ」

「そうなの」

お酒は私の口下手を隠してくれる。駅の裏通りを進んだ先にある居酒屋は、高林君の行きつけの店らしく、マスターや店員さんとも親しげに話をしていた。

「聞きにくいことを先に聞くけどさ、彩羽さんって子は……亡くなったの？」

一瞬言葉に詰まってから、「うん」とうなずいた。彩羽はもうこの世にいない。

「病気で？」

「あ、ううん。事故で……」

私のせいで事故に遭ったと聞いたら、高林君はどう思うだろう。

「へえ」

軽くうなずいた高林君を見ながら、暗い感情をお酒とともに飲み込んだ。

「高林君に聞いてみようかな、って思ってたところだったから驚いたの」

モスコミュールのお代わりを頼んでから、改めてこのおかしな状況に違和感を覚えた。

偶然名刺を見て思い出した元同僚と再会し、お酒を飲んでいるなんて不思議な話だ。

「不思議な話だね」

思っていたことを言葉にされ一瞬頭が真っ白になったが、彼が小説のことについて言っていることを理解し、遅れてうなずいた。

高林君は軟骨の唐揚げを頬張ると、両腕を組み壁にもたれた。今の会社はスーツじゃなくてもよいらしく、黒いセーターに白のパンツ。腕時計はひと目で高級そうな物だとわかる。黒い髪は、やや茶色に染められていて、昔よりも若く見える。

あの頃は、ただの同期のひとりだった。むしろ、誰が早く上層階へあがれるかを競うライバルみたいな関係。そんななかでも、高林君にはやさしくしてもらった記憶がある。

「そんなことより最近はどうなの？」

さっきから高林君は話題を今の職場へ戻そうとする。軽く答え、彩羽のことを尋ねることのくり返しだ。

「もう同期の人はほとんどいないよ。今月で心春も結婚退職するし」

「知ってる」

当たり前のように口にすると、高林君は肩をすくめた。

「プロポーズされた日に電話あったし、先週はご主人になる人も紹介してもらった。あ、ここで飲んだんだっけ」

「そうなんだ」

心春と連絡を取ってるなんて知らなかった。これまで心春からも高林君の話が出ることはなかったし。

「俺が言ってるのはそうじゃなくて、下居さんの最近のこと」

「私の？　え、なんにもないよ」

運ばれてきたモスコミュールを受け取って口に運ぶ間も、高林君は視線を向けたまま。頬が熱いのは暖房のせいだけじゃなく、自身への質問が苦手だから。

「なにもないわけないでしょ」

「それはいいから、今は彩羽のことを教えてほしいの」

この偶然はきっと、神様がくれたチャンスだ。自分の無信仰は忘れ、高林君をまっすぐに見た。

しばらく「あー」とか「うう」とか言ったあと、高林君はグラスをテーブルに置いた。

「まあ調べることはできるけど、これってかなりの個人情報だからさ」

「わかってる。でも、アカウントが乗っ取られた可能性だってあるでしょう。彩羽の下書きを見つけた人が勝手に公開していたとしたら問題じゃない。会社として対策を取ることも必要だと思う」

今思いついたにしては的を射ている意見だ、と我ながら思った。が、高林君は唇を尖らせ浮かない顔のまま。

「別アカウントで起きたことなら問題だけど、なにせ本人のことだから」

「その本人は、もう亡くなっているのに？」

口のなかが苦くなる。彩羽が死んだことを言葉にするのは、やっぱり悲しい。

「わかったよ」と、軽く両手をあげて降参のポーズを取ったあと高林君は幼く笑った。

「それほど大切な友達なんだ？」

「……うん」

「誰かを思いやる気持ちって大切だと思う。こんな必死になれるなんて、下居さんも変わったんだね」

また私の話に戻ってしまう。なにも変わっていない、むしろ前より臆病になっている気がするのに。

高林君は……と、改めてしっかり観察した。元々スリムだった体は前より引き締まって見える。私の視線を避けるように、高林君はどこかさみしげに目を伏せた。

「俺がいた頃に、そういう必死さが見えたらよかったのに」

雰囲気が急に変わるのを感じた。持っているグラスから雫が垂れ、太ももに濃い染みが生まれる。

「え……どういうこと？」

少し口角をあげた高林君がやわらかく首を横に振った。

「正直に言うとさ、俺が会社を辞めたのは下居さんのせいでもあるんだよ」

「え……それって」

店内のＢＧＭが遠ざかる。アルコールのせいで聞き間違えたのかと思うほど、高林君の言葉が頭に入ってこない。

「ちょっと言い過ぎた。下居さんだけの責任じゃないし、転職するきっかけになったから今では感謝しているけど」

「待って。あの……私、なにかしたの？」

胸が急速に鼓動を速めているのがわかる。割れるほど強くグラスを握っていることに気づき、テーブルに置こうとする指先が震えている。

「今さら言ってもしょうがない話だから気にしないで」

さらっと高林君は口にしたあとも笑みはまだ残っていた。もう見られない。視線を落とす私に彼は続けた。

「でも、恨んでいたのは事実だから」

その言葉は簡単に私を傷つけた。


腰を折り頭を下げると、自分の靴先が目に入った。

「申し訳ありませんでした。二度とこのようなことがないように十分気を付けてまいります」

「申し訳ありません」

私に続き隣に立つ田中君も謝罪をした。コンビニのバックヤードは狭く、三人がやっと入れるほどのスペースしかない。薄暗い場所で、さっきから店主に謝罪を続けている。

「今さら謝られてもさ、実際に間違った内容で掲載されてんだよ。そりゃ、うちだってちゃんと確認しなかったのは悪いけど——」

「いえ」と言葉を遮り頭をあげた。

「最終確認の原稿を送らなかったことが原因であることに違いはありません」

そう言う私に、店主は右側の眉をわずかにあげて「だろ」と言った。大きく広げられた網に自ら飛び込むような感覚だった。

「いつもは最後に送ってくれるじゃん？　今回は送ってこなかったからさ」

網は絞られ、海上へと引き上げられる。

「おっしゃるとおりです」

「前の時給だと応募がないから、無理して五十円もアップしたんだよ。既存のスタッフの時給だって合わせて上げた。広告代だってバカにならないのに、時給を前のままで掲載されたら意味がないことくらいわかるよな!?」

しゃべるほどに怒りが再燃しているのか、店主は語尾を荒くした。田中君は神妙な顔のまま動かない。

「だいたいさ、彼に担当が代わってからミスが多すぎる。下居さんの時はもっと連絡も密だったよ」

「はい」

再び頭を下げる田中君から店主へ視線を移す。

「田中の教育担当は私です。今回、私が最終確認を怠ったためにこのようなことが起きてしまいました。本当に申し訳ありません」

「いや、下居さんじゃない。そもそも、この子は引き継ぎの時に一回挨拶に来ただけで、あとは電話とメールのやり取りだけなんだよ。どっちもそっけない感じで、前から気にはなってた。下居さんみたいに、たまに顔を出してもくれない」

クレームというものは、大きなミスについてだけでなく、付随する過去の確執をも表に引っ張り出すもの。小さな綻びが広がり、一気に崩壊してしまう。

だからこそ、こまめに連絡を取ることが必要。顔出しはできなくとも、最近の様子などを電話で確認しなくてはならない。その時間を田中君に与えてなかったのは紛れもなく私だ。

「今後はしっかり対応いたします」

「いいよ。今後、おたくに求人は頼まないから」

「もう一度チャンスをいただけませんか。二度とミスが起こらないよう、十分注意いたします」

今からすぐに戻れば次の号に掲載できるだろう。枠を大きくし、レイアウトを見直す時間はある。二週続けて掲載すれば店主も納得してくれるかも――。

店主がため息をついた。表情から怒りは消え、疲れた顔で私を見た。そうだろうな、と思う。夜勤のバイトが見つからず、何年も苦労をしているのは聞いている。二十四時間勤務もざらにある、と目の下の隈を濃くして嘆いていたことも。

ほかにもなにかできることはないだろうか……。

頭のなかで考えていると「あの」と、田中君が突然言った。

その声がいつもより低く耳に届いた瞬間、頭のなかで警告アラームが鳴るのがわかった。

「最後に電話をした時、『この内容でいいよ』とOKくださいましたよね?」

店主はなにを言われたのか一瞬わからないようにほうけたあと、「あ?」と一文字で不快感を表した。

「田中君」

たしなめようとする私を見ようともせず、田中君は店主の顔をまっすぐに見つめている。

「『最終メールはいらない。そんなことより、いい位置に掲載してくれ』、ともおっしゃいました」

「黙って。失礼なことを……本当に申し訳ありません。田中には今一度――」

「もういいから」

店主の声はさっきまでの声と違い、やさしく聞こえた。顔をあげると、声色と同じく店主はほほ笑んでいた。

私は知っている。怒りとあきらめがピークに達すると人はこういう顔をする。

「二度と来ないでくれ」

最後まで穏やかに言ってから、店主はバックヤードから出て行く。乱暴に開けられたドアの音だけが店主の怒りを表しているようだった。

高坂さんのデスクは嫌みなほど片付いている。

デスクの上には、モニターとキーボード、そしてレターケースがひとつあるだけ。そのなかに、各担当者が書類を入れるようになっている。私物はほとんどなく、ペンの一本も転がっているのを見たことがない。

「契約解除だそうです」

帰社した途端、私だけが呼び出された。椅子の背もたれにもたれることなく、ピンと背すじを伸ばしたまま高坂さんは言った。

店主が高坂さんへクレームの電話を入れることは覚悟していた。あのあと、ひとり残り店主へ謝罪をしたが、最後は『営業妨害』と言われ帰社するしかなかった。

「本当に申し訳ありません」

「私ではなく、クライアントに謝罪すべきでしょう」

「はい」

帰宅前にもう一度顔を出すべきだろう。許してもらえなくても、訂正した原稿は掲載しよう。許可をもらえるといいのだけれど……。

思案しながら高坂さんの足元から田中君へ視線を移す。背中を丸め、ほかの原稿を仕上げているのが見えた。

「田中さんについてですが、どうするおつもりですか？」

あくまで丁寧な口調の高坂さんに意識を戻した。

「私の教育ミスです」

「ええ」と、当然のように高坂さんはうなずいた。

「教育担当が教えることは仕事のやりかただけではありません。クライアントへどういう言葉をかけるか、クレームの時こそ接遇力が必要になるんです」

言いたいことはたくさんある。私が入社した時に、そんなことを教えてくれる人はいなかった。状況が違う、と言われればそれまでだけど、まさかあの場で彼が文句を言うなんて予想外だった。

「いいですか、下居さん」

高坂さんが両手を机の上に置いた。

「あなたが誰かの代わりに謝罪することを、会社は求めておりません」

「……」

「教える、というのは、相手が理解してこそ成立します。教えたつもり、では困ります。もっと、田中さんに寄り添い、彼を知ることに務めてください」

見ると、田中君は荷物をまとめ立ち上がるところだった。視線が合うと、軽く頭を下げそのままオフィスを出ていく。

ああ、嫌な予感がまた生まれている。明日から田中君が出社しないような予感がじわじわと。

「今後は気を付けてまいります」

頭を下げても下げなくても、私はいつだって足元ばかりを眺めているんだな、とぼんやり思った。自分のデスクに戻ると、クライアントからのメールをチェックする。電話メモも二件あったが、これは明日でも構わないだろう。

「ああ」

意味もなく小声で嘆く。

代わりに謝罪するなとは言われたけれど、今日中に再度の謝罪をすべきだろう。店主の携帯電話にかけるが、電源が入っていない。仕方なくメールを送ることにした。

高坂さんへの報告書を作成している間に、照明は心細くなりスタッフたちも帰って行った。

モニターを切ると、二十五歳の私が黒い画面にうっすら映っている。

冬は嫌い。こんなふうに悪いことばかりが起きるから。

『恨んでいたのは事実だから』

先日、高林君に言われた言葉が蘇る。あの日以来、何度思い出しているのだろう。

もしも、田中君が辞めてしまったら、彼も同じように思うのだろうか。寄り添っていない、と指摘されたのはもっともなこと。たしかに業務を教えたとしても、理解したかどうかまで毎回チェックしていなかった。田中君がどんなことで悩んでいるのかなんて、早送りのように過ぎていく業務時間内では考える余裕もなかった。

——だって、心春もいないし。これまでより大変なんだよ。

昔みたいに空想の友達にひょっこり帰ってきてほしい。そうすれば、私の悩みを相談できるのに。

高坂さんだって、いつも丁寧な口調で嫌みばかり言うくせに、私の心に寄り添ってくれていないもの。どうして私だけが責められなくちゃいけないのよ。

……わかってる。完全に八つ当たりだって。

田中君はもう家に着いただろうか。家の住所は知らないけれど、近くまで行き話をしようか。それから、ふたりで謝罪しに行くのはどうだろう。

——電話していいよね？

スマホから田中君の番号を呼び出し、電話をかけるけれどこちらも電源が切られていた。残念と安堵の感覚が同時に生まれた。

今、彼に会ったところでうまく理解させられる自信はない。

ため息をこぼしながら、また高林君のことが頭に浮かんだ。まずはひとつずつ解決していくしかないよね……。

名刺フォルダで高林君のＳＮＳのＩＤを調べ、友達追加ボタンを押しメッセージを送った。

【こんばんは。下居柚希です。先日はありがとうございました。お時間のある時でいいので、もう一度お話を伺えればうれしいです】

すぐに既読がつき、

【今は会社？】

短いメッセージが表示された。

【これから一件訪問があります。時間はちょっとわからないのですが……】

【こっちはあと少しで終了。早く着いたほうが前の居酒屋で待つということで】

急展開だけど、誰とも連絡がつかない今はありがたかった。

【わかりました。よろしくお願いいたします】

席を立ち、フロアの電源を落とし退室する。少しだけ気持ちが軽くなった気がしたのはなぜだろう？

コンビニの店主は再度訪問した私を見るなり、大きくため息をついた。田中君への不満をずらっと並べてから、ふたつの条件を提示した。

二週続けて訂正した原稿を載せること。そして、担当者を私に戻すことだ。

居酒屋に到着すると、高林君はすでに二杯目のビールを飲んでいた。ハイボールを注文し、やっと息がつけた。自分を恨んでいる相手の前でホッとするなんて不思議だったが、さっきまでの時間のほうが地獄だったし。

「クレーム対応?」

チェック柄のシャツにジーパン姿の高林君は、まるで遊びに出かけた帰りのように見える。今日は髪もふわっとしている。

「そんなところ」

「どんなクレームか聞かせてよ」

タコの唐揚げを口に運ぶ高林君を無視して、ハイボールを受け取った。乾杯をすることなく一気に飲んだ。

「そんな荒れるなんて、よほどのことだったんだね」

「企業秘密です」

「じゃあ、俺も小説サイトのことは教えられないなあ」

少年のように笑う高林君は、あの頃とは別人みたい。私を恨んで退社していった、というのは本当のことだろうか?

真実を知るには自分から歩み寄るしかない。

グラスを置き、コンビニの名前を出さずに今日のクレームについて説明をする。その間、高林君は「へえ」とか「うん」とか適度にあいづちを打っていたが、最後に尋ねたのは「それで?」だった。

「それで、って?」

「出された条件についてなんて答えたわけ？」

「二週続けての掲載については承諾したけれど、担当を戻すことについては来週改めて、にした」

丸い鉄板に載せられた焼きそばが運ばれてきた。香ばしい香りとともに、私たちの間に湯気の壁が生まれた。

じゅわじゅわとソースが焼ける音の向こうで、

「いいんじゃない」

あっさりと高林君は言った。

「原因は最終確認をしなかったこっち側にあるわけだし、俺でも同じように答えたと思う」

ああ、と懐かしい空気を感じた。高林君はどんな人の悩みでも当事者のように受け取り考え、答えてくれる人。もう違う会社なのに『こっち側』という表現を遣ってくれたのもうれしかった。

「でもさ、その新人君の教育不足は否めないね」

「編集長にもそう言われた」

「え、高坂さんのこと？」

うん、とうなずき焼きそばを小皿に移す。

「懐かしいなあ。高坂さんにもまた会いたい。セッティングしてよ」

「冗談でしょう？　あ、嫌いとかじゃなくて、会社の飲み会以外ではちょっとね……」

「残念。丁寧だけど相手を確実に仕留めるスタイルに憧れてるんだよね。前に会った時も、意識して真似したつもり」

思わず小皿を落としそうになるのをこらえた。尋ねるなら今しかない。

「それって『恨んでいる』ってやつだよね」

何気ない口調を意識したけれど、自分でもこわばっているのがわかった。

「ちょっと違う。『恨んでいたのは事実だから』だよ。今は、おかげでよい職場に転職できたし感謝の気持ちしかない。ま、結果オーライってことで」

なんだかお釈迦様の手のひらで惑う孫悟空みたい。うまいこと踊らされているみたいで悔しい。ハイボールのグラスがかく汗のような雫をおしぼりで拭きとる。

「高林君に言われて色々考えた。でも、あの頃は必死で余裕がなくって……。だから自分がしたことを思い出せないままなの。ごめんなさい」

「勝手に恨んでいただけだし、俺も幼かったんだから気にしないで」

『俺も』という言葉のチョイスが当時の憎しみを表しているようで、焼きそばに視線を落とす。私はなにをしてしまったのだろう……。

「とりあえずさ、その新人君をちゃんと見てあげて。このままだと彼、俺と同じようなイメージを君に持つと思う」

田中君の背中を思い出す。彼のミスをカバーするためにたくさんの時間を使った。それでもまだなにか足りないのだろうか。

「……どうすればいいの？」

すがるように尋ねる私に、高林君は映画俳優のごとく肩をすくめてみせた。

「それは君が考えること。俺じゃない」

最後はこんなふうに距離を取られてしまう。今夜も私はきっと、悩むのだろう。


高林君と店の前で別れ歩き出す。

向かうのはいつもの休憩ベンチ。なぜかわからないけれど、あの不思議な男性がいる気がしたのだ。

――私、どうすればいいと思う？

空想の友達にひとりごとをつぶやき、ベンチに座り風に当たる。高林君が普通に会ってくれたおかげで、少しだけ心はすっきりしている。そして、同じぶんだけ田中君のことが気になる。

社会人になって二年半、大きな会社なら『三年は新人』だと聞く。うちの会社だってそれなりに大きいけれど、第四編集部に限っては少人数制だ。つい、自分が新人の頃と比べてしまうのは悪い癖かもしれないな。

ふいに隣に誰かが座った。視線を向ける前に気づく、あの男性だ。

横顔の彼は前回のイメージよりも幼く、どこか大学生のようにも思える。目を細め寒そうに体を小さくしている。

「さむいね」

とひとりごとのように白い息を吐く彼。

「こんばんは」

「あれ、驚かないんだ?」

クスクス笑う声を聞くのは久しぶりだった。

「だって前も突然現れたし。それに、イレギュラーな出来事にはすっかり慣れました。自分の名前を呼んで、なんて人、日常生活では会いませんから」

赤いパーカーにジーンズの彼は、やはりサンタクロースに似ている。改めて横顔をじっと眺めても、やはり見覚えはなかった。

「僕の名前は思い出せないんでしょう?」

「はい。前に会った時、過去を覗いてみろって言いましたよね?」

「そんな強い言いかたはしてないよ。覗いてみたら、って進言しただけ」

ふわふわの髪を触りながら「で」と彼は首をかしげた。

「過去を覗いてみてどうだった?」

「小説投稿サイトを久しぶりに見ました」

答える義務なんてないのに、するりと言葉がこぼれていた。

「高校生の時から小説投稿サイトを見ていたんです。なかなか作品は書けなかったけれど、親友と出会って感化されて――」

　そこで男性はようやく私を見てくれた。丸い目がキラキラしていて、どこか女性的な柔らかさを含んでいる。

　先を促すようにひとつうなずいた彼が星の見えない空を仰いだ。同じように上空に目をやる。

「でも、もういない」

　彩羽はこの世界のどこを捜してもいない。冷たい風も街のネオンも、急にさみしげに感じた。

　人生にピークがあるなら、高校時代だと今でも思っている。彩羽と出会い、小説家を目指した日々はまぶしいほど輝いていた。今じゃ、仕事を中心に毎日を送っているだけ。

「どんな友達だったの？」

「どんな……」同じ言葉をくり返すと胸の奥がチクリと痛んだ。

「小説家になることをともに目指していたんです。高校を卒業して、友達は――彩羽は、親の転勤で引っ越しました。私は千葉県にある大学に行って……そこから少しずつ変わったんです。たまに会うと楽しかったけど、ケンカも多くなって、会う頻度が減っていって……」

　もっと会えばよかったと後悔したこともある。同じ世界を共有していたはずが、どんどん違う場所や登場人物が増えていき、私たちは変化の波に呑まれていった。

「そうかな?」

男性が立ち上がり私の前に立つ。照明のせいでどんな表情をしているのか見えなくなった。

「変わったのは、柚希、君の方だけなんじゃない?」

表情は見えなくても、声が悲しい色なのは伝わってくる。そして、その問いが合っていることも知っている。

『私のともだち』

My Friend

著：植野いろは

第二話「君が変わったんじゃない」

仕事を辞めたのに、深い理由はなかった。

就職して一年、あたしの愛想のよさは継続していたし、同僚ともそれなりにうまくやっていたと思う。

就職先は父の勤めるイベント会社で、いわゆるコネで入社ってやつ。就職活動がうまくいかない私を見かねて父が紹介してくれたのだ。事務職とは名ばかりで、企画や運搬、受付などもやることになったけれど、社会に出るのは初めてだったから「そういうものか」と思っていた。

入社するまで知らなかったけれど、父はそれなりの役職に就いていて、みんなあたしに腫れ物に触るように接してきた。

部署が違うため、仕事中に父に会うことはほとんどなかったが、同僚の人には何度か声をかけられた。そのたびにニコニコと挨拶をしていた。

季節はすごい速さで過ぎていき、春の気配がしている。一年なんてあっという間すぎて、すぐに年を取ってしまいそう。

大学生になり忙しい柚希とは毎日のようにLINEはしていたけれど、『会いたいね』の文字が積み重なるばかりで、実行に移せずにいた。だから、この間『中間地点で会おうよ』と柚希が言ってくれたときは、本当にうれしかったんだ。

あと付けかもしれないけれど、近いうちにそんな連絡が来ると思っていた。小説投稿サイトに久しぶりの新作を載せたことが大きな原因だと思う。

柚希は高校時代、新作を公開するたびに直接感想を言ってくれていた。わずかな期待と大きくなる恋心は、静岡という見知らぬ土地で過ごす日々を励ましたりも落ち込ませたりもしている。

熱海駅に降り立つと、指定された喫茶店を目指した。いたるところに『桜まつり』や『スプリングフェア』のポスターが貼られている。

「もう一年か……」

感傷的になるのも無理はない。卒業以来、久しぶりに会えることがうれしかった。あたしの恋心は沸騰したり常温に戻ったりをくり返している。会えない時間は不安と闘う毎日だった。

この恋は、とどかない。わかっていても、柚希に会いたいと一秒ごとに心が叫んでいるようだった。

柚希に知られたら二度と会えなくなる。そんなことは百も承知している。だから、あたしは恋する気持ちを心の奥にしまい込み、念入りに封をして会いに行く。

喫茶店に入ると、いちばん奥の席に座っている柚希が目に飛び込んできた。まるでテレビを見ているときみたいに勝手にズームアップされている感じがした。ずっと会いたかった柚希のはずなのに、一年前の印象とはずいぶん違っていた。

髪も明るい色になり、メイクも上手になっている。黒色の服ばかり選んでいたのが嘘のように、朱色のコートにチェック柄のロングスカート姿。年上の先輩みたいに見え、ジーパンの自分がやけに恥ずかしく思えた。

「会いたかった」とくり返す柚希。きっとあたしのほうが何倍も会いたかったなんて知らないんだよね。好きな気持ちを確認するような毎日を過ごしていたんだよ。そう言えたら、どんなにいいか。

ああ、そうか。だからあたしは積極的に会おうとしなかったんだ。こんなふうに気持ちが不安定になるのが怖かったんだ。

あんなに封をしたのにあっさりと開いてしまいそうな気持ちを押し殺して、私は明るく笑ってみせた。

「柚希、すっごくおしゃれになってるね〜。あたしはこんな恰好だけど」

「大学の友達からアドバイスされたの。なんか、ヘンじゃない？」

自信なげにうつむく柚希に「大丈夫。すっごく似合ってる」と伝えた。嘘じゃない。まるでモデルみたいにキラキラしている。

「彩羽の新作見たよ。もう何回も読み直しちゃってる」

ふにゃっと笑う柚希に、あの頃のあどけなさがかくれんぼしている。色のついた爪でスマホを操ると、初めて会った日のように柚希は印籠のごとく画面を見せてきた。そこには先日アップしたばかりの作品のトップページが記してあった。

「まさか彩羽がラブストーリーに挑戦するとは思ってなかったよ。でもね、言葉では言い表せないくらい感動してる。あまりにもリアルだし、心にグッときた。文章のひとつひととつが研ぎ澄まされてて、熱い想いが隠れている感じ。すごすぎて私、ちょっと嫉妬しちゃってるもん」

淀みなく感想を言う柚希には、もうあの頃の気弱さは見当たらない。大学でサークルに入ったらしいし、たまに送られてくる写真では充実している日々がまぶしかった。光があれば影がある。あたしは、いつから翳《かげ》ってしまったのだろう。

しゃらんと揺れるイヤリングを見てから、運ばれてきたコーヒーに視線を落とす。

「サイトで募集している賞には応募しないの？」

『ノベルスター』では、たまにコンテストを開催している。今もなにかの賞の作品を募集していたはず。優勝すれば作家デビューできるとかなんとか。

「ああ」とうなずいてから意味もなく髪をかきあげた。

「まだ未完成って感じなんだよね。ストーリーは追えていると思うけどさ、なにか足りない気がする」

運ばれてきたコーヒーにミルクを落とすと、雲みたいににじわじわ形を変え、やがて茶に色を変えていく。

「そうかなあ。私はとにかく感動したけどな。とりあえず賞に応募してみようよ」

積極的な柚希に「こら」とあたしは言ってみせた。

「そんな簡単に言わないでちゃんと考えてよ。応募するのは、納得できる形にしてからの話。ほんと、あと少しなにか足りないんだよ」

柚希は肩をすくめるとブラックのままコーヒーを飲み宙を見上げた。くるんとしたまつ毛が彼女の瞳を大きく見せている。こんな仕草も見たことがなかったな。メールや電話では気づかない変化が、あたしたちを隔てている気がした。

「気になったところは……例えば、主人公と彼が再会するところかな」

「ああ、うん」

何度も書き直した作品は、全部のシーンが頭に入っている。男女のラブストーリーがメインの作品は、主人公はあたしで、彼は柚希のことだから。

「久しぶりの再会でも、想いは隠さなくちゃいけないんだよね。それなのに、思いっきり『好き』が表に出てる気がした」

「うん」

今みたいに？

「彼は主人公の気持ちを知らないわけだから、そこはもっと行動を抑えて、心情で想いを述べたほうがいいような気がする」

「なるほど」

心の声は、柚希には届かない。

「あとは、そうだね……。あえて言うなら、もう少しハッピーエンドがいいかなって」

言うと同時に柚希はハッとした顔になったかと思うと、右手を胸の前で左右に振った。

「今のは違う。あのね、感情移入しまくってたから、たとえ報われない恋でも希望のあるラストだったらいいなぁ、っていうリクエストみたいなもの」

「じゃあ、そのリクエストを採用する」

「え、ほんとに？」

なんてうれしそうに笑うんだろう。自信なげな笑みも好きだったけれど、今の柚希も好き。

「柚希は最近、小説アップしてないよね？」

会えない期間に、柚希は初めての小説を投稿している。ミステリー短編で、数々のミステリー作家へのオマージュを表していた。彼女らしい真面目な文章は読んでいて楽しかったし、実際何度も読み返した。

「私は、うまく書けないってことがわかったから」

急に声を落とす柚希に口のなかが苦くなった。聞いてはいけない質問だったのかもしれない。

「読むのと書くのとでは全然違うんだね。もちろん下書きはたくさんあるし、プロットだって作ってるけど、納得できる作品になってくれないの」

「でも、あたしの作品へのアドバイスはすごく的を射てたよ」

「本当？」

急に顔を輝かせた柚希から視線を逸らせてしまう。

「本当に決まってる。だから、お互いにいい作品を作って一緒にデビューしよう」

大きくうなずく柚希に、あたしは恋心を隠して笑う。かくれんぼの恋はずっとかくれたままで、親友として笑い合いたかった。

その日の夜、あたしは辞表を書いた。提出したあとも、父はなにも言ってこなかった。有休消化をしているあたしに「仕事は？」と兄が何度か尋ねた。

「しばらく『春ごもり』することにしたの」

兄はなにか言いたげだったけれど自室に戻っていった。兄はインターネットを使って起業したらしいが、詳しくは知らない。

目の前にあるパソコンには、柚希のアドバイス通りに編集した原稿がある。あたしは、小説投稿サイトにある賞の募集ページを開く。

『第三回恋愛物語大賞』に応募要項を記載すると、作品ファイルを添付し、応募ボタンを押した。

この応募が、あたしと柚希をさらに近づけ、最後は離れ離れにするなんて思いもしなかったんだ。

「なにもわかってないくせに！」

なんでそんなことを言ってしまったのかわからない。一度投げられた言葉は凶器になって、目の前にいる柚希を傷つける。

「……ごめん。帰る」

つぶやく声は自分にだって聞こえないくらい。バッグを肩にかけ商店街を早足で通り抜ける。熱海駅を目指しながら、何度も自分が口にした言葉を反芻した。

あんなこと言うつもりじゃなかったのに。

駅前に着くと雨が降り出していた。クリスマスを終えたばかりの街はもう、福袋や新春セールの文字に支配されている。

「ああ……」

ベンチに腰をおろし結んでいた髪を解くと、冷えた髪がうなじを冷やす。

そもそも、今年は調子が悪い一年だった。その前はどうだっけ、と思い出しても同じようなものだろう。いいことなんてなにひとつないのだ。

仕事を辞めてから一年半が過ぎた。柚希とは何度か会ったけれど、そのたびにあたしたちはコンテストの結果に一喜一憂していた。最初に出した作品が三次審査まで進んだことが、あたしの執筆意欲を掻き立てていた。落選してからは、最初の話を一から書き直し、もう一度応募した。柚希も自分の作品を応募するだけじゃなく、あたしの作品へアドバイスもしてくれた。

柚希はまるで編集の人みたいに、毎回的確な提案をしてくれ、改稿するたびに自分の作品がキラキラ輝くような気がしていた。

高校を卒業し、三回目の冬。ついに最終審査に残っていることがわかったのだ。柚希はあたし以上に興奮し、「少ない時間でもいいから会おう」と言ってくれた。言ってくれたのに……。

滲む駅前の景色を見ていると、ベンチの前に誰かが立った。ううん、見なくても柚希だってわかっている。必死で走ってきたのだろう、はあはあと荒い息を吐く柚希を睨むように見る。

そっか、あたしは柚希の前でだけは笑顔の仮面を外せているんだ、と改めて知った。バイトしているコンビニや、家族の前では穏やかな表情ばかりを作っているから。

大学三年生になった柚希は、前回会った時よりもよりさらに大人っぽくなっている。今年流行しているという赤いコートは、まるでサンタクロースみたい。

自分の恰好を改めて見る。久しぶりに会うというのに黒のパーカーに黒のコート姿は昔の柚希そのもの。お互いの外見を交換するゲームでもしているみたい。

「ごめんね」

不安そうに顔を歪める柚希に、黙って首を横に振った。隣のベンチに座ると柚希はもう一度「ごめん」と言った。

「いいよ、もう」

「よくない」

言葉をかぶせてから柚希は背筋を伸ばした。

「ちゃんと聞いてほしい。ぜんぶ話をしてから怒られたいから」

「なにそれ」

思わず笑ってしまうあたしに柚希は雪を追うように視線を前に向けた。はらはらと舞う雪が、さっきまでの怒りを冷やしていく。

「あの作品……『恋をする人』が最終審査に残ったって聞いて、すごくうれしかった。最初に読んだ時も感動したけれど、今年応募した改編バージョンはもっといいし、たくさんの人に読んでもらいたいって思ってる」

そう、さっきまであたしたちはそのことでよろこんでいた。一年前に落選した作品に改稿を重ね、タイトルを変えて応募したことが吉と出たのだ。この物語の主人公には自分の隠した恋を投影しているからよろこびもひとしお。

意味もなくコートの裾を触りながらあたしは言う。

「じゃあどうして柚希はあきらめるのよ」

散々はしゃいだあと、柚希は言ったのだ。『小説家になる夢をあきらめることにした』と。

「一緒に小説家になるって約束したのに、ひどいよ」

離れても同じ道を歩いていると思っていた。いつかふたりで小説家になるという夢があったからこそあたしはがんばってこられたのに。恋心を文字にすることは、自分の片想いを再確認するみたいでしくしくと痛んだ。どれほど柚希のことを想っても、彼女には伝わらない、届かない、叶わない。

そう言われた気がしたから『なにもわかってないくせに！』と言い捨ててしまったのだ。どんどん変わってしまう柚希のことが、うれしくて自慢で、だけどさみしい。

「私ね」口を開いたあと、柚希は迷ったように視線をさまよわせた。言いにくいことを言うときの癖は変わっていない。

「小説家になりたいってずっと思ってた。周りが就職活動をしてても、私にはそれしかないって思い込んでいた」

「でも？」

意地悪な促しをするあたしに、柚希は「でも」と同じ言葉を重ねた。

「彩羽の作品を読むたびに思った。私にはかなわない、って」

この話の結論はさっき聞いた。柚希は小説家の夢から『いち抜け』を宣言したのだ。

「もう一回『でも』って言わせて。でも――」

こちらに顔を向ける柚希はなぜか笑顔だった。

「彩羽の作品のアドバイスをしていて思ったの。私には人の作品を読んでアドバイスをする力があるのかも、って」

「ああ……」

たしかにこれまで柚希がくれたアドバイスは作品のクオリティをあげてくれている。最初は納得できない内容でも、言われた通りに修正してしまえば、そっちが正解だったと腑に落ちることが多かった。

「だから私ね、編集者を目指そうと思ったの。出版社の編集部に入る。そこで編集技術を学んで、柚希の作品をデビューに導くの」

「それで……いいの？」

「それでいいの」

あまりにまっすぐな視線に、あたしは目を伏せた。柚希はバッグから資料を取り出してあたしに見せてきた。大手の出版社から聞いたことのないところまで揃えてある。付箋がいたるところについているのが柚希らしい。

「彩羽が小説家になれるようサポートしたい。だから出版業界を目指そうと思う」

「そんなうまく採用されるものなの？」

もう三年生の冬。大学生の経験がないあたしにだって、時期が遅いことくらいわかる。柚希もわかっているのだろうに、「大丈夫」とうなずいた。

「求人情報誌を出している会社があるんだけど、小説も出版しているみたい。そういうところいくつかあるから、手あたり次第応募してるの。どこかには入れると思う」

どこからその自信が湧いてくるのかわからないけれど、柚希の決心は固いようだ。あたしは……あたしはどう答えるのが正解なのだろう。

「わかった」

曖昧にうなずくと柚希はホッとしたようにはにかむ。それがうれしくて、あたしも笑う。気持ちとは別の表情を柚希に見せたのは久しぶりだった。

あたしはあの頃となにも変わっていないんだ。

ひょっとしたら亡くなった母は、愛想笑いするあたしが好きじゃなかったのかもしれない。黙って家を出て行ったのも、そういう理由もあったのかも。

「ちょっと待って」蘇る記憶に蓋をするようにあたしは言った。

「まだコンテストの結果がわからないのに先回りしてない？　最終選考に残ったんだし、ひょっとしたらデビューできるかもしれないんだよ？」

「あ、そっか」

柚希は目を丸くした。

「でも、デビューできたなら、今度はあたしが編集担当になればいいでしょ。彩羽はあたしが入社した会社を指名するの。『編集は柚希じゃないと困ります』って」

「そんな生意気な新人いないって」

笑い合いながらも、心の奥の温度が冷たくなっていくのがわかる。柚希はあたしのために夢を捨てようとしている。

その事実は冬の寒さを助長するように、あたしを責めている。

第三章　冬に消える

「結局、彩羽の作品は、最終選考で落選したの」

いつもの居酒屋は週末で混んでいたので、二軒隣にあるコーヒーショップのカウンターで思い出話をしている。高林君と会うのもこれで何回目だろう。大きなガラスの向こうには、師走に入った街並みが広がっている。

昨夜、小説投稿サイトに彩羽が書いたと思われる第二話がアップされた。通知をオンにしていたおかげですぐに読むことができた。

「落選したことについては二話には載ってなかったよね」

私のスマホを指さす高林君にうなずく。第三話があるとするなら、それについても触れるだろう。スマホに表示されている小説をスクロールする。

「私と彩羽しか知らないことばかりが書かれている。それに、何度も彩羽の書いた文章を読んできたからわかるの。この文章を書いたのは彩羽本人だよ。もういない人がどうやって小説を書けるの？」

「俺に聞かれたって困る。そもそも彩羽さんが亡くなったのは間違いないんだよね？」

質問を質問で返され、しばし返答に困る。

「……知ったのは少しあとのことだけど、間違いないと思う」

共通の友達から知らされた彩羽の死は、私に大きなショックを与えた。連絡を取らない間に起きた出来事のせいで、私は親友の死をすぐに知ることができなかった。

「『間違いない』、と『思う』は一緒に使うにはおかしい言葉。つまり、自信がないってことの表れ。高校生の時から、ふたりを観察していた人っていないの？　たとえば第三の親友とか」

「いない」

私たちはいつもふたりだった。彩羽がいたから毎日が楽しかったし、小説家と編集者を目指すこともできた。ふたりだけの世界だったのは事実だ。

「下居さんの妹とか？」

「私の？　それは絶対にない」

長い期間、香菜と会話らしい会話だってないし。高校時代にお互いの兄妹と何度か会ってはいたが大学生になってからは彩羽の引っ越しもあり、一度も会っていない。

「そっか」と腕を組んだあと、高林君は人差し指を立てた。スリムな体に似合わず大きい手だと思った。指先から顔へと視線を移すと、高林君は目を細めた。

「こういう時は過去の出来事から推理するのがいいと思う。ここに書いてあるのは事実なわけ？」

いつの間にか消えた画面を点灯させる。第二話は大学時代の話に終始している。

「彩羽の作品が最終選考に残ったのは事実。私の台詞にも覚えがある。でも、あとは微妙に違う気がする」

「例えば？」

「彩羽のために私が小説家をあきらめた、って書いてあるけれど、本当のことじゃない。

私は本気で編集者になりたかったから。あと、彩羽が私に恋をしている、ってのも嘘。物語性を持たせるための追加要素じゃないかな」

彼女のうれしそうな顔を思い出す。自分に才能がないことを突きつけられた私がどれだけ悩んだのか、彼女は知らない。そのおかげで編集者になる夢が見つかった。といっても、未だに第四編集部でくすぶっているけれど。

私は自分で新しい夢を見つけた気でいたけれど、彩羽にとっては違って見えたんだ。

「客観的事実、ってやつだね」

「客観的……。彩羽から見た事実ってこと？」

「そう」と高林君はうなずいた。

「下居さんが主観的にとらえた感想も、彩羽さんには違って感じられた。君の主観的事実と彼女の客観的事実は双方が真実であり嘘なんだよ。彩羽さんの立場から見れば、主観的事実になってしまうから。同じ物を見ていたとしても見え方は人それぞれで、どちらも正解ってこと」

「難しくてよくわからない」

正直に答える私に、高林君は大きくまばたきで返した。

「同じ出来事でも、見る人によって事実は変わってしまうってこと。どちらが正解と言えないことも多いんだよ」

私が編集者を目指したのは事実。それが彩羽のせいじゃないのは私にとっては事実でも彩羽にとっては違った。そういうこと？　でもさすがに恋愛感情は持っていなかったと思うけど……。

手元に視線を落とすと、紙コップに『今日もお疲れさま』とスタッフがペンでメッセージを書いてくれている。なにげないことが少しうれしい夜だ。

「お互い自分の夢に向かって歩き出せているんだね。第二話はすごくいい感じだと思う。このあとはどうなるの？」

「私が就職して一気に忙しくなったせいで、彩羽にはなかなか会えなかった。彩羽の方はお父さんが本社に戻ったタイミングで、神奈川に家を買ったって聞いてる。彩羽も一緒に神奈川に引っ越しをしたって」

「最初に住んでいた家は？」

「それは……たぶん静岡に行くタイミングで売ったのかも。もしくは元々借家だったのかも。親友なのに全然知らなくて情けないけど」

「そんなもんでしょ」

あっさりと言う横顔を眺める。元同僚と頻回に会っていることが急に不思議に思えた。それも元々仲が良かったとは言えない関係の私たち。

「あの、さ」すっかりくだけた口調になっている自分にも気づく。

「どうして私に付き合ってくれてるの？」

空っぽになった紙コップを両手で包んでいた高林君が目を丸くした。

「俺たちって付き合ってるわけ？」

「そうじゃなくって、リクエストすると会ってくれてるから。私には高林君に会う理由があるけど……。ほら」と、先回りして理由を説明することにした。

「彩羽の話を聞いてほしいし、前に言われたことの理由も知りたいし」

「ああ、恨んでるってやつ？」

「結局、具体的な理由を教えてもらってないから。覚えてないことがそもそもダメだってわかってるけど……」

私なら、恨んでいる相手から誘われたら、迷う間もなく断るだろう。長い脚を窮屈そうにカウンターの下で組む高林君からは、嫌悪感は見られない。

「復讐するつもりもないし、今となっては感謝してる。前にも言ったよね？」

「私は……高林君になにをしたの？」

鼻で息を吐いたあと、高林君は「待ってて」とレジへ向かってしまう。追加のドリンクを注文しにいったようだ。

高林君とは同じ新人として共にがんばっていた記憶がある。今よりも社交的じゃなかった私にも色々話しかけてくれたし、一緒にチームを組んだこともある。退職することを聞いたのはギリギリだったけれど、最後まで笑顔だった記憶があるのに……。

カウンターとにらめっこしていると、高校時代を思い出す。視線の先にはいつも机があって、だけど彩羽がいると楽しくて——。

ダメだ。今は高林君のことに集中しなくちゃ。

戻ってきた高林君は当たり前のように私のぶんのコーヒーも買ってくれていた。席に着くとすぐに高林君は口を開いた。

「俺の言いかたが悪かった、ごめん。そこまで深刻な話じゃないよ」

コーヒーの香りはいつも最初だけだ。鼻腔にやさしい香りも、すぐに慣れてわからなくなってしまう。悲しみも同じならいいのに。痛みがあってもすぐにわからなくなるほどの鈍感さがほしい。

「客観的な事実で言えば、私にとっては深刻な話に聞こえた」

「たしかにね」クスクス笑ってから高林君は白い天井を見上げた。

「俺たちが担当した『春のクオカードプレゼント』の企画のこと、覚えてる？」

「うん」

入社して一年後に私と高林君が中心となり企画したキャンペーンだ。

「面接すればクオカードをプレゼントするやつ。企画としてはうまくいったけど、クレームも多かったよね？」

「あっ」思わず声を出したのは、大きなトラブルに直面した夜を思い出したから。ずっと忘れてた、いや、忘れたかった記憶が蘇る。

「覚えてる。たしか……就職するつもりもないのに、ほとんど全社の面接を受けた人がいて――」

そうだ、と高林君はうなずいた。

「面接の態度もひどく、履歴書もコピー。俺たちが『面接は一社のみ有効』の文字を書き忘れたのが原因だった」

「ああ……」

なぜ忘れていたのだろう。企画に賛同した企業からも、クオカード狙いで応募した男性からも大きなクレームが来たのだ。

「高坂さんに呼び出されたあの日、君はただ泣いているだけだった。俺が必死で説明しているのに、なにも言ってくれなかった。客観的事実で言うなら、高坂さんも、その上の人たちも俺が勝手にやったことだと思っただろう。実際、俺が代表して謝罪に回ることになったし」

「ごめんなさい……」

人から怒鳴られた経験がほとんどなかった私にとって、両者からのクレームは恐怖でしかなかった。『大丈夫だよ』と言う高林君に任せる形で、私は違う企画を担当することになったのだ。そして、自分は関係がないとでもいうふうに、必死でその企画に打ち込んだ。

あの頃はなにもできなかった。人と話すのも苦手なままで、社会人としてのプライドすら持っていなかったと思う。ううん、今だって大差ない。

「みんなでやってきた企画なのに、俺だけが悪者になっていた。君だけじゃなくチームの誰もが、まるで他人ごとって感じだった。生贄にされた気分だったよ」

窓からの街並みがぼやけて見える。今さら泣いたって仕方ないのに、気づけば涙が頬をこぼれていた。気づかれないようにうつむく私に、高林君は「大丈夫だよ」と、あの日と同じ言葉をくれた。

「今なら、社会ってのはそういうところなんだとわかってる。でも、あの頃は失望する気持ちが大きかったんだ。だからニコニコしながら転職先を探したんだよ。今では感謝すらしてる」

そこで高林君は笑みを消し、「でも」と私を見た。

「田中君のことは心配してる。彼が仕事に失望するかどうかは、君に懸かっていると思うんだよ」

「あ、うん……」

涙声がばれないようお腹に力を入れてうなずいた。

「失望はどんどん大きくなっていく。それを食い止めるには、まずは下居さんが今の仕事を好きになることじゃないかな。田中君のためにもがんばって」

どうして会ったこともない田中君を心配できるのだろう。同い年なのに、私より何倍も大人に感じてしまう。高林君は長い間ずっと、こんなモヤモヤを抱えて過ごしていたんだ……。

「あの……本当にごめんなさい」

「いいよ、もう」

明るい口調にホッとすると同時に、当時のことがどんどん脳裏に浮かんでくる。泣いている私、心配してくれる仲間、さみしそうに笑う高林君。主観的事実では、困難をみんなでうまく乗り越えられた。でも、彼の感じたことがあの事件の事実なのだろう。

「あ、それからさ」と高林君はポンと手を打った。

「今日、小説が更新されてるって聞いてから、サイトの運営部署に軽く確認しておいたんだ。仲良くしてるスタッフがいるからこっそりとだけどね」

「彩羽のこと？」

思わず顔を向けると、高林君は私の涙に気づいたのだろう、驚いたように目を大きく開いた。

「あ、うん。あのサイトのプログラムや更新は外部に委託してるんだって。だからスタッフは関わっていないみたい。彩羽さんの小説がどのように公開されているかは不明ってところ」

「そう……」

高林君は外の景色に目を細めた。早めの忘年会だろうか、スーツを着た集団がゲラゲラ笑って道を歩いている。

「下居さんは、彩羽さんが亡くなったことを人づてに聞いたんだよね？」

「……うん」

「あのさ――」と、高林君はそこで口をいったん閉じた。店内のＢＧＭが急に大きく耳に届く。

「これから言うことは、単なる直感であって推測の域を出ないんだけど……」

珍しく言いよどむ高林君の横顔を見つめた。迷うように息を吐いたあと、高林君は言った。

「実は、彩羽さんはまだ生きているんじゃないかな」

思ってもいない発言に胸の鼓動が大きくなった。


夕食はいつも静かだ。時折思い出したように、話をするのは母だけで、父はさっさと食べ終えるとテレビを見に行ってしまうし、香菜はヘッドフォンをつけスマホを眺めている。

母の話は、たいていその日あった出来事のダイジェストにはじまり、ワイドショーのニュースや近所の噂話ばかり。沈黙の間を埋めるようにしばらく話し、また食器の音だけの空間に戻る。

いつもなら適当にあいづちを打つのが私の仕事なのに、今夜はうまくできずにタイミングが遅れてしまう。

『彩羽さんはまだ生きているんじゃないかな』

高林君の言葉が頭から離れない。彼はいつだって宿題を私に残してくる。

彩羽に最後に会ったのは、社会人になった翌年の冬のこと。神奈川県に戻ったばかりの彩羽の家の最寄り駅で会った。私の住む場所からは三本電車を乗り継いだ。

バーで待ち合わせたあと彩羽の新しい家へ行く予定だったのに、思い出したくないほどのケンカをしてしまった。修復を試みることもなく時は流れ、気づいたときにはメアドもＳＮＳのＩＤも変わっていた。手紙も宛先不明になり、彩羽は私の前から姿を消した。

亡くなったなんて思っていなかったし、それを共通の知り合いから聞くことも想像していなかった。

――彩羽は私とのケンカのあと事故に遭った。

主観的に見ても客観的に見ても同じこと。私のせいで彩羽は死んでしまったんだ。あれ以来、ずっと自分を責め続けている。

「どうかしたの？」

母の声に我に返った。

箸先が震え、茶碗に置こうとすると楽器を鳴らすみたいにカチャカチャ音がした。なんとか置くことができても、今度は全身の血が逆流しているような感覚に襲われてしまう。

彩羽の死を知った時にもこんな感覚になった。

あの日ケンカさえしなければ、彩羽はまだ生きていたのに……。

「なんでもない。今日は疲れちゃって」

無理やりの言い訳を信じたらしく、母は「それでね」と手元の湯呑にお茶を継ぎ足した。

今日は珍しく話をし続けている。

「佐々木《ささき》さんの息子さん……正由《まさよし》君だったわよね？　来年からこっちに戻ってくるんですって。転勤してからもう二年経つなんて早いわね」

「そう」

「佐々木さんの奥さんが言うには、三十を過ぎてるのにまだ独身で彼女もいないそうなのよ。イケメンなのにもったいないわねぇ」

「そう」

同じ言葉で返しながら、会話の結末が見えた気がした。そもそも佐々木さんの奥さんを私は知らないし、息子の存在すら初耳だ。さすがに仲のいい友達の息子を私に紹介しようとはしないだろう。ということは、目的はひとつ。

「あなたは早く結婚しなさい」

この一年で何度耳にした言葉だろう。これまでは『まだそんな年齢じゃないでしょ』『相手がいないし』『結婚がゴールだとは思えない』と、様々な反撃を試みたけれど、ラスボスである母には太刀打ちできなかった。

『みんな結婚に向けて動いているのよ』『相手を探そうとしてないんだから見つからないのは当然』『女性にとって結婚こそが――』

今どき結婚することが本当の幸せだと信じている母にうんざりしつつも合わせてきた。

「わかってるよ」

なんとか肯定しつつ残りのおかずを口に放り込んだ。今日は早くひとりになりたい。

ベッドにもぐりこんで寝てしまいたい。

無心に残りの食事を済ます私を母はあきれた顔で見てくる。隣の香菜は我関せず、ヘッドフォンを両手で押さえスマホを凝視している。

「わかってないから言ってるの。ちゃんと聞きなさい。下居家はあなたが継ぐしかないの。だから早く結婚をして——」

「どうして?」

思わず声を挟んでいた。

「どうしてそんなに早く結婚させたがるの? 私、まだ二十五だよ?」

子供の頃から厳しい母だった。褒められた記憶は数えるほどしかないし、妹が生まれてからは一層厳しくなった。成績のこと、朝の挨拶のこと、洗濯物のことまで言われ続けてきた。

『私は嫌われているんじゃないか?』と思ったこともあった。大学生になった頃から当たりは柔らかくなったが、それ以降は結婚のことばかり言われている。

「もう二十五よ。下居家はあなたがあとを継ぐしかないの。そのためには早く結婚してくれなくちゃ困るのよ」

この話をする時の母は、まるで何かに取り憑かれているように怖い顔になってしまう。

「婿になってくれる人と知り合うなんて奇跡みたいなものでしょう? 今は考えられないよ」

「柚希」

「もうこんな話したくない」

「柚希！」

話の途中で席を立とうとする私に、母がテーブルをバンと叩いた。

「誰のせいでこんなことになってると思ってるのよ！」

「え……」

顔を真っ赤にし唇を震わす母に、中腰のまま体が固まる。

「母さん」

ソファにいる父の声に、肩を震わせた母が深く息を吐いた。

「……ごめんなさい」

今のは父への謝罪？　それとも私に？

ゆっくりと腰をおろし、食べかけの食事に目をやった。ここはどこなんだろう。この世界はなんなんだろう。みんなで私を責めるための大きな装置みたいに思える。

「あのね」さっきよりも柔らかい声になった母が言う。

「お母さんはね、あなたに幸せになってほしいの。下居家は女の子ばかりだし、あなたが婿を取ってくれないと困るのよ。わかってちょうだい」

どこにでもいる普通の女性が立派な男性に出会い、さらにその男性が婿入りしてくれるなんて、それこそ小説の世界の話。それとて編集としてはプロットの再編をお願いするレベルだ。でも、今そのことを口にすることはできない。

「とにかくお母さんがあなたを心配していることはわかってほしいの」

猫なで声でそう言う母を見られないまま、私はうなずく。

「わかった。ちゃんと考えるから。……ごちそうさまでした」

顔をあげる時、香菜と目が合ったがすぐに逸らされる。また髪の色が明るくなっているのがわかった。

洗い物をしている間に母はお風呂に行ったようだった。会わないように手早く片付け、二階へ向かう。階段を踏みしめるたびにギシギシ音がしている。

さっきの怒号がまだ耳にざらりとこびりついているよう。まるでこの家の状況が私のせいだと言わんばかりの言葉だった。

部屋に入りドアを閉めると同時にその場に座り込んだ。お腹が痛くて、胸が苦しくて、頭もジンとしびれている。

泣きたい気持ちはあっても、体は反応してくれない。まるで心と体がバラバラになっている、そんな感じ。

これも全部、私のせいなのかな。


十二月も半ばに入ると忙しさは一段落する。印刷所が休みに入る前に入稿できそうだし、年始号の編集もほぼ終わっている。来週からは有休を組み合わせて長期休暇に入るスタッフもいるそうだ。

「柚希さん、原稿の確認お願いします～」

先週から隣のデスクに配属されたのは武藤《むとう》リカという女性。年齢はひとつ上の二十六歳だが、見た目はかなり若い。茶色の髪はゆるやかなウェーブで、ピンクのルージュがトレードマーク。私なら絶対に選ばない体にフィットしたスーツを着ている。

「あたし、今日は定時であがりたいんですけどいいですかぁ？」

まどろっこしいしゃべりかたの彼女は、編集者を目指し転職してきたそうだ。

「締め切りまでは余裕があるし大丈夫ですよ」

「よかったー。今夜はデートなんです」

聞いてもいないことをペラペラしゃべりながら武藤さんは給湯室へ消えた。年上なのに、彼女と話すとひどく年老いた気分になってしまう。気持ちを切り替えようと武藤さんが送ったという原稿データを読み込んだ。

「ああ」思わずつぶやく私に、端の席の田中君が私を見た。

「どうかしましたか？」

「あ、うん……」

武藤さんが来てから田中君は少しずつ変わった。年上の後輩に親切丁寧に仕事を教えている。

「ちょっと見てもらえる?」

最後まで言う前に田中君は席を立ち、足早に私の隣に立った。腰を折り画面を覗き込み「ああ」と私と同じトーンで田中君は言った。

「これはまずいですね」

武藤さんが担当するのは新年号の『新年からはじめるお仕事』コーナー。一週分の掲載料金で翌週も掲載できるとあって、枠はすぐに埋まった。武藤さんにはそのうちの二社の原稿をお願いしてあったが……。

「このままじゃ掲載できないよね」

コーナー内のレイアウトは基本デザインをベースにしなくてはならない。しかし、武藤さんが担当する二社のデザインは、枠がパステルカラーな上に職場写真の周りにはイラストが空間を埋めるように配置されている。いい意味で言えば、彼女らしい派手なデザインだ。

「僕がしっかりと教えてないのが原因です。すみません」

肩の近くで謝る田中君を思わずふり返って見てしまった。教育担当は私なのに謝る彼に驚いたのだ。戸惑ったように画面に目を戻す田中君に私も倣う。

どうしようか、と迷ったのは一秒もないだろう。

「私こそごめんなさい」

そう伝えていた。田中君がなにも言わないので、「あの」と続ける。

「新人さんを押し付けてしまってるみたいで……」

「いえ、勉強になりますから」

そうじゃない、と自分に言い聞かせる。

「私は、田中君になにも教えられてないのに指示ばかりしてる」

「そんなこと――」

「そんなことある」

高坂さんからのアドバイスも見ないフリでやってきた。武藤さんが配属された時も、教育担当は私なのに彼に押し付けていた。そんな自分をごまかしながらも『どうしようもない』と自分で自分に無罪を言い渡していたんだ。客観的事実なら、私はずるい先輩だ。

「田中君が理解したかどうかを確認せずに、どんどん追い詰めていたと思う。武藤さんだって、私が教育担当なのに、あなたに任せっきり。あのコンビニの時もそう。恨まれても仕方ないと思う」

ふ、と笑う声が耳に届いた。見ると田中君は泣き笑いのような表情になっていた。

「やめてください。どうして恨んだりするんですか。たしかにわからないことだらけで僕は迷惑をかけています。でも、感謝してるんです」

それは結果論だろう。あの時感じた不満が消えるわけじゃない。高林君のように何年も私を恨むかもしれない。

「それに、コンビニの件では大人げない態度を取ったのは僕のほうです」

「ううん……」

「実は先週、改めて謝罪に伺ってきました。新年号に差し込みで掲載してくれることになったんです」

驚きのあまり口をぽかんと開けてしまう。あんなに自信なげだったのが嘘みたい。

「ちょっとお借りします」

パソコンで田中君がデータを呼び出すと、そこには四分の一サイズであのコンビニの広告が作成されている。店主とバイトリーダーがにこやかに写っている写真は、今回用に撮影したものだろう。

「すごい。本当にすごい。ああ、なんか余計に罪悪感が生まれた」

胸に手を当て息を整えると同時に、浮かんだアイデアをそのまま口にする。

「田中君、正式に武藤さんの教育担当をお願いできる?」

「いいんですか?」

「きっとできる。ううん、田中君が適任だと思う。もちろん仕事量が増えてしまうから、これまでの担当区の一部は私が引き受けるから。編集長には私から聞いてみる」

「がんばります」

即答する田中君は、見たこともないほど満面の笑みを浮かべていた。

武藤さんがコーヒーカップを手に戻ってきた。『たうんたうん』の編集者になにか話しかけケラケラ笑っている。

「武藤さん」

呼びかけると「いけない」と舌を出し、けれど優雅に歩いて戻ってきた。

「原稿見てもらえましたかぁ？」

隣の席にどすんと座る武藤さんに、「ええ」とほほ笑む。

「でもね、ちょっと目立ちすぎてる。きちんと説明してなくて悪かったけど、特集では同じレイアウトを使うことになっているの」

これまでの丁寧な口調をやめた私に、武藤さんはカップを持ったままヘンな顔をした。

「もう一度、レイアウトをやり直してもらえる？」

きちんと田中君に引き継ぐのが私の役目だ。

「なんで？　だって目立った方がいいじゃないですか。初の担当だから少しでもよろこんでもらいたいんですぅ～」

です、の最後を高い音に伸ばした武藤さんに同意のうなずきを返した。

「クライアントはよろこぶと思う。でもね、各自が好きなデザインにしてしまったら、統一感がなくなるでしょう？　各社同じ料金なのに不公平さも出てしまうし。一面掲載の時は好きにしてもらってもいいけど、今回は変更してもらえる？」

納得できないのか唇を尖らせる武藤さんを見ないフリで、田中君を手のひらで示す。

「これから武藤さんの担当は田中君、ううん、田中さんになります」

「え、そうなの？」

「田中さんは若いけれど、あなたの上司です。きちんと教えてもらってください。言葉遣いにも気を付けて」

「よろしくお願いします」と田中さんは頭を下げてから、自分のデスクへ向かい椅子を指さした。

「ここに座ってください。レイアウトについて説明します」

「今から？　あ、今からですか？　あたし、今日は用事があるんですけど」

「定時に終わるには一秒でも早く来たほうがいいと思います」

慌てて席を立つ武藤さん。視線を送ってくる田中さんに私はうなずいて見せた。同時に電話が鳴ったので受話器を取る。

「お電話ありがとうございます。求人情報誌『ＣＩＴＹ　ＷＯＲＫＳ』、担当の下居でございます」

『お世話になります』

声だけですぐに高林君だとわかった。

「あ、え……。あの、お世話になっております」

動揺を悟られまいと、丁寧にお辞儀をした。幸い田中さんは画面を指さし、武藤さんにレイアウトを教えている。

『高林です。電話だと声が違うね』

「はい、よく言われます」

あくまでビジネスライクに答えるが、焦りのせいかどうやって普通にしていればいいのかわからない。

『仕事中にごめん。スケジュール帳を開き予定を確認するフリでしのぐ。実はあのあと色々わかったから連絡しておこうかと思って』

「それって……」

『サイトの投稿のこと。第三話の公開予約設定がされたんだ』

「えっ」思ったよりも大きな声を出してしまった。田中さんが一瞬顔を向けるのが視界の端に映った。

「あの、すぐに携帯からかけ直します」

そう言うと、返事も待たずに受話器を置いた。バッグからスマホを出して給湯室へ向かう。電話をかける前にスマホが着信を知らせて震えた。

「もしもし」

『ごめん。仕事中なのに時間とらせちゃって』

「構わない。それより、第三話が掲載されるって本当なの？」

嘘をつく理由もないだろうに尋ねずにはいられなかった。

『明日の朝九時に公開されるみたいなんだ。小説の内容までは見られないんだけど、一応知らせておこうと思って』

「そうなんだ……。あの、教えてくれてありがとう」

第一話では高校生の頃が、第二話では私が大学生だった時のことが書かれていた。順当に考えると次は社会人編だろう。口のなかが苦くなった気がした。

社会人になってから彩羽に会ったのは二回だけ。最後に会った日の帰り、彩羽は事故に遭ってしまう。つまり、次が最終話になるのだろう。

『で、ここからは内密の話なんだけどさ――』

給湯室に高坂さんが入ってきた。私が電話中なのを知ってか、ウォーターサーバーから水を取るとそのまま出ていく。

『サイトの登録者情報をこっそり教えてもらった。彩羽さんの住所は神奈川県になってるけど、行ったことはある？』

「あ、うん。彩羽が亡くなったあとだけど……」

一度だけ訪問した記憶はさらに苦い思い出だ。

『それならよかった。さすがに住所は教えられないけどなにかのヒントになるかも、って』

「うん、ありがとう」

素直に礼を言うと同時にくすぐったい感覚が生まれた。仕事中なのにわざわざ電話してくれたのがうれしかった。

『あと、聞きたいことがあるんだけど、下居さんて付き合っている人がいたりする？』

急な話題転換だ。素直に「いない」と答えた。

『じゃあ、今度デートしない？　あ、デートというと語弊がある。ディナーなんてどうかな、って』

「ああ、それなら」

それなら、なんて何様の台詞だと思いつつ答えた。うれしい感情が伝わってしまったようで、少し恥ずかしい。同時に、期待してはいけない、と自分に言い聞かせた。会議の予定でも確認するように時間と場所を聞き、スケジュール帳に記入した。

電話を切り、高坂さんに教育担当の変更について報告しに行く。あいかわらず嫌みを言われたあと、了承してもらうことができた。

田中さんに伝え、席へ戻る。校了するためにデータの再確認を……。

ダメだ。ちっとも頭が回らない。高林君からデートに誘われたことだけが原因じゃない。彩羽の家に行った時の記憶が頭に浮かんだから。

二度と行けない。行ってはいけない。

自分に言い聞かせてから、スマホに小説投稿サイトを表示させた。

明日の朝、公開される第三話はいったいどんな話なんだろう。


夜のコンビニは、まるで虫取り籠だ。

光に誘われるように入店すれば、天井のＬＥＤに昼間よりまぶしく光る商品が並んでいる。今の時期はディスプレイもＢＧＭもクリスマス一色。

コンビニの壁にある時計は午後十時を指している。結局、遅くまで仕事をしてしまった。夕飯は残してくれているだろうが、甘いものがほしい。ついでに色々買い込み、明日の休みは籠城っぽく部屋にこもってやろう。

だるそうな店員にバーコード決済で支払い、エコバッグを手に店を出た。冷たい風が頬を冷やし私を早足にさせる。

彩羽が亡くなったことを知ったあの日から、私の世界は色を失くした。あとを追って死にたいのに、自分ではできない。だから、勝手に死んでしまう日を生きがいに生きている。そんな日々が続いている。

「彩羽」

つぶやけば、白い息が宙に生まれ空へのぼっていく。

明日、彩羽は第三話を公開する。どうして亡くなった彩羽が小説をアップできるのだろう。ひょっとしたら彩羽はまだ生きているんじゃないか。前に高林君が言っていた言葉がまた頭のなかでくり返される。

——そんなことありえないよね。

空想の友達に聞いてみても答えはない。

そう、彩羽がいないことは私がいちばん知っている。

立ち止まりエコバッグの持ち手を握りしめる。北風にさらされながら肩で息をついた。

「浮かない顔してるね」

うしろからかかる声に驚かなかったと言えば嘘になる。ふり向くと赤いパーカーを着た男性が立っていた。いつも突然現れて気づくといなくなるから、少し慣れたのかもしれない。

「驚かないんだね？」

クスクス笑う男性は、当たり前のように隣に並んでくる。家までは五分もかからない。会社近くの駅のそばにあるベンチにしか現れないと思っていたから、普通なら恐怖を感じそうなもの。だけど、不思議と受け入れている自分がいる。

「いつもこんな時間まで仕事なの？」

「……そうです」

彼は誰なのだろう？　迷惑だと感じない自分に戸惑いながら、ただ歩く。

「ねえ」

前に会った夜と同じように空を見ながら男性は言った。

「これからどうするの？」

「これから？」

足を止めると、男性は数歩進んでから振り返る。暗くて表情がよく見えない。

「そう、これから。彩羽さんの家にはもう行けないんでしょう？」

「なっ……なんで？」

なんで私が彩羽の家に行けないことを知っているの？　言葉にしなくても男性には伝

わったようで、さみしげに視線を落とした。

「君が彩羽さんの新しい家に行ったのは一度だけ。彼女が亡くなったと知ったあとだよね。そこで、豊《ゆたか》さんにひどいこと言われた」

豊さんは彩羽の兄だ。久しぶりに会った豊さんは、前よりやせてくぼんだ目で私をにらんでいた。

「なんで……そんなことまで知ってるんですか？」

「君のことならなんでも知ってるよ。豊さん、ひどいよね」

違う、とすぐに首を横に振った。

「ひどいのは豊さんじゃない。私なの」

敬語を使う余裕もなく否定した。

「久しぶりに会ったのに、ひどいこと言われたよね」

「違う。全部わたしのせいだから」

言葉にすることで罪が許されればいいのに。でも現実はその逆で、思い出すたび、自分の罪の重さを再認識させられる。だから、ずっと忘れようとしてきた。

「柚希はなにもしてないよ」

「なにもしてない。そう、なにもしてなかった」

ぶわっと感情の波が大きくなるのを感じても言葉は止まってくれない。

「彩羽が事故に遭ったことも知らず、お葬式にも行かなかった。亡くなってしばらく経ってから偶然、人づてに知るなんて……そんなの友達のすることじゃないからっ！」

あの日、豊さんは私の顔を見るなり目を真っ赤にして叫んだ。

『ぜんぶ、お前のせいだ！』

言われても仕方ない。だって私のせいで彩羽は死んでしまったのだから。涙がボロボロこぼれる。もうこれ以上悲しみも苦しみも味わいたくない。

彩羽が死んでから、私も自分の死を待つような毎日を過ごしている。あの日、彩羽に会わなければ、ケンカしなければ、そもそも出逢わなければ……。

「もういいの。もう、ぜんぶどうでもいい」

「そんなこと言わないで」

「あなたは誰？　なんで私に付きまとうの？　あなたが幽霊なら早く連れて行ってよ！」

みんな、私を責めている。みんな、私が嫌い。私も、みんなが嫌い。

いつからこんなに息がしにくくなったのだろう。いっそのこと、彩羽と同じ世界に行ってしまいたい。彼女になら素直に謝れるのに。そばにいてくれれば幸せなのに。

男性は困ったように目を伏せ、静かに言った。

「ごめん。僕は君の役にぜんぜん立ててない。ただ、名前を思い出してほしいだけ。いつか、名前を呼んでほしいだけ」

「名前……」

そうだ、そんなことを言っていたっけ。

た。

「思い出せないよ」

「思い出さないようにしているだけ。君なら、きっとできるよ」

軽く頭を下げると、男性は背を向け去っていく。ふいになにかが脳裏をかすめた気がした。

――私は彼を知っている。

懐かしい空気のようなものを感じても、すぐにそれは夜風に散り散りに砕けた。


洟をすすりながら玄関を開けると、廊下は真っ暗だった。

みんな寝てくれててよかった、と靴を脱ぎキッチンへ向かう。ドアを開けるとテーブルに青色の電気がチカチカと光っていた。電気をつけると、香菜がテーブルに座っている。スマホでゲームをしているようだ。

「ただいま」

返事がないのはわかっている。彼女にとって私は透明人間だから。そう考えると、透明人間っていいな。誰にもなにも言われず、自由に生きてられたらどんなにいいだろう。

「おかえり」

小さな声に思わず振り向く。幻聴？

香菜はヘッドフォンの片側を耳からずらしている。

「あ……ただいま」

二度目の挨拶をしてからキッチンで手を洗った。どういうことだろう？

「なんで泣いてるの？」

間違いない。私に言ってるんだ。

「泣いてないよ。寒いところから急に暖かいところに入ったからじゃないかな」

「そう」

どういうことだろう。一瞬、期待しそうになる自分を戒める。

これまでも香菜から話しかけてくることは年に数回あった。どれも、『洗面所を使う時間が長い』とか『目覚ましの音がうるさい』という苦情ばかり。

今回もそうだろう、と半ばやけくその気持ちで目の前の椅子に座った。今夜の夕飯は麻婆豆腐と白菜のおひたしに味噌汁。この時間だから白米はやめておこう。

ラップを外し、冷めたまま食べ始める。香菜はチラッと私を見てからスマホに視線を戻した。

退屈そうな顔をしている。スマホゲームはしたことがないけれど、ゲームをしている香菜はいつもつまらなそうな顔だ。

「あいつさ」

画面に目を落としたまま香菜がつぶやいた。ゲームのことかと思ったけれど箸を持つ手を宙で止めた。肩で軽く息をつくと香菜は「むかつかない？」と言った。

「え、誰のこと？」

「あの人」

あごで二階の寝室あたりを示した香菜に「ああ」とうなずく。

「お母さんのこと？」

「他に誰がいんの？」

質問を質問で返してから、香菜はスマホの画面を切りヘッドフォンを外した。

「口を開けば結婚結婚結婚って、マジうざい。別にかばってるわけじゃなくて、苦情だから。お望み通り結婚するか家を出ちゃったほうがいいんじゃね？　こっちも嫌なこと聞かなくて済むし」

「そうなんだけどね。相手もいないし」

「だろうね」

バッサリと切り捨てたあと、香菜は私を見た。久しぶりにちゃんと顔を見られた気がした。あどけない表情に挑むような瞳は昔から変わっていない。

「結婚だけでも相当ハードルが高いのに、婿を取るとかわけわかんない。できないことを強制するのって、虐待してるようなもんだよね」

「それ、最高に私をけなしてるよね」

「そのつもり」

言葉は厳しいけれど穏やかな表情だった。この数年で、会話らしい会話はなかったからまだ驚いている。香菜は髪を触りながら「てかさ」と続けた。

「だいたいあの人、昔からお姉ちゃんに厳しいよね。まるで恨みでもあるみたいに、無理強いしてるじゃん」

「まあ、ね」

また『恨む』のキーワードが出た。そっか、私を取り巻く人はみんな同じ感情を持っているのかもしれない。

私がノッてこないとわかったのだろう、香菜はつまらなそうにマグカップに入ったミルクを飲んだ。

せっかく会話してくれているのだから、なにか話さなくちゃ。

「でも、こうやってご飯を作ってくれてるし」

「そんなのお金入れてるんだから当たり前。それより、もっと根深いなにかがあると思うんだよね」

たしかに母が香菜を強い口調で叱っているところは見たことがない。

「改めて言われると、本当に恨まれてる気がしてきた」

「でしょ」ようやく同意する私に、香菜は身を乗り出す。

「ひょっとしてさ、お姉ちゃんって養子とかじゃないの？」

「養子……」

「子供ができなくて誰かからもらわれてきたの。でも、私が生まれたから、逆に邪魔な存在になったとか。それなら私にだけ甘いのも納得」

まさか、と否定したい。でも、香菜の説はあながち間違いだとも言えない。そう考えると、空想の友達はかつて過ごした施設かなにかで一緒だった人なのだろうか？

違う、と自分に言い聞かせる。アルバムを見れば、私がこの家に生まれて育ったのは間違いないこと。

「すごい推理だけど、違うと思う。だって私がもしも養子なら、婿を取ってあとを継ぐのは香菜のほうでしょう？」

「あ、そうか」

「お母さんは下居家を継続させるのが役割だと思ってるから焦ってるだけだよ」

「だったらお父さんも焦るのが普通じゃない。あの人は関心なさそう。ていうか、家族のことに興味ないんだよ。ひょっとして下居って苗字はお母さんので、お父さんも婿ってことはない？」

「ないない。そんなのおじいちゃんとおばあちゃんの苗字を見ればわかることでしょう」

口を『あ』の形に丸くした香菜が椅子にぐにゃりともたれた。

「そっか。たしかにそうだわ」

「そもそも、私が家を出て行ったら、今度は香菜がターゲットになるかもしれないのにいいの？」

「平気」香菜は私の味噌汁をグイと飲んで顔をしかめた。冷めてる、と言いたいのだろう。

「私は思ったこと言い返すからさ。お姉ちゃんはいつも我慢してばっかじゃん」

「そう？」

「我慢してるだけならまだいいよ。『我慢してます』って気持ちが顔に出すぎてるの。見てるこっちがイライラしちゃうんだよね。もっと言いたいこと言ってやればいいのに」

どっちが姉だかわかったもんじゃない。それでも、昔から自由奔放な香菜らしい意見だと思った。母にしても香菜にしても、私の気持ちを見抜いているんだろうな。

「小説のなかでは好きなこと書けてるんでしょ。現実世界でもそうしてみればいいのに」

「ああ、小説はとっくに辞めたよ。今は小説の編集者を目指しているから」

口にしてからふと気づく。私はまだ小説の編集者を目指しているのだろうか。彩羽はもういないのに、それでも本当になりたいのかな。

「へえ」と言ったあと、空になったマグカップを押し出すと香菜は立ち上がった。洗っておけ、ということなのだろう。ヘッドフォンをつけゲームの世界に戻る香菜の背中に、

「ありがとうね」

声をかけた。話をしてくれてありがとう、聞いてくれてありがとう。

聞こえていないのだろう、香菜はそのままキッチンを出て行った。

ひとり残されたテーブルで残りの夕飯を片付ける。香菜の言葉は鋭くとも、心配してくれていることがわかり、少しだけ幸せな気分になっている。冷めたおかずもやけに美味しい。

洗い物をしながら、さっきの男性のことが思い出された。

不思議な人だった。彼は自分の名前を呼んでほしい、と言っていた。泡だらけのスポンジをお湯で流す。くしゅくしゅとスポンジを握るほどに泡が生まれている。

「ひょっとしたら――」

ふいに浮かんだ考えを否定した。あまりにもバカげている考えなのに、一度浮かんだ考えはなかなか消えてくれない。

見た目も声も服のセンスも、そもそも性別が違うけれど、彼が彩羽ということはないだろうか？　私を心配して仮の姿で現れてくれた……。

シンクを叩くお湯の音に、我に返った。

そんなはずはない。彩羽はもういないし、幽霊として出てくるにしても本人とあまりに違いすぎる。

スポンジから泡が消えたことを確認し、タオルで手を拭く。

不思議なことばかり起きる毎日のなかで、今日は良い日だった。いつもこんな気持ちで一日が終わればいいのにな。

キッチンの電気を消すころには、程よい眠気が体を包み出していた。

『私のともだち』

My Friend

著：植野いろは

第三話「くるくる回る」

この一年の成果をあげるなら、電子書籍デビューの話が来たことに尽きるだろう。

二年前に、最終選考まで残るも最下位で落選した作品を、とある出版社が目に留めてくれたのだ。連絡が来たときは驚いたし、詐欺かとも疑った。

今でもメールは大事に保存しているし、出版社とのオンラインミーティングの前には、何年かぶりに美容室に行ったほどだった。モニター越しに対面した編集部の女性はやさしく、私のデビューを実現したいと熱く語ってくれた。

「でも、断ったんでしょう」

東京駅にある喫茶店で、柚希は首をかしげた。もう何度も柚希には電話で相談したことだから、彼女がいちばん知っている。けれど、どうしても直接顛末について話したかった。にしても、いきなり結論を言われてしまうと、ちょっと複雑だ。

「久しぶりに会ったのに冷たい」

不満を言うあたしに、柚希は「ええっ」と笑いながら驚いてみせる。

「それはこっちの台詞。最近やっと落ち着いたのに、彩羽が予定を合わせてくれなかったじゃない」

「しょうがないじゃん。バイトのシフトが決まったあとに言ってくるんだし。そもそも、落ち着くまではメールすらろくに返さなかったのはどっちよ」

会うと軽いケンカからはじまってしまう。柚希が就職してから会ったのは今日が初めてのこと。電話やSNSではしょっちゅう連絡は取っていたけれど、ちゃんと会うのとはわけが違う。

　高校時代はいつも一緒にいたのに、住む場所も将来も夢も、少しずつ変わっていくのが怖い、というか不思議な感覚だ。ずっと続くと思っていたレールが少しずつ離れ、また交わるような感じ。

　でも柚希の言うように、会えるのに会わないようにしていたのはあたしのほうだ。スマホ越しに語られる柚希の社会人生活と、フリーターの自分とを比べてしまい、なかなか会う勇気が出なかったのだ。

　柚希はパスタを器用にフォークに巻くと口に運んだ。

「じゃあ、ちゃんと聞かせて。どうして断ったりしたの？」

「そりゃあうれしかったよ。念願のデビューだもん。でも、やっぱりあたしは賞を取ってデビューしたいの」

「そこまで賞にこだわらなくてもいいと思うけど」

「わかってる」

　わかってないから断ったくせに、と自分でも思う。編集部の人も何度も説得してくれた。

『今は賞を取ってデビューする人は少ない。大事なのはまず作家になること。このチャンスを逃さないでほしい』

　言われるたびに悩み、それでもやっぱり受け入れることができなかった。その決断が間違いだったとは思いたくない。

柚希はナプキンで口を拭うと、鼻から息を吐いた。

「まあ、賞を取りたいって気持ちはすごくわかる」

ふわりとうれしい気持ちがお腹のなかで生まれるのがわかる。柚希だったらわかってくれると思っていた。カチャンとフォークが鳴るのも構わずにあたしは身を乗り出した。

「それに、今書いている作品がすごくいい感じなんだ。家族のドロドロを描く作品でね、最近じゃ寝るのも惜しいくらい集中してる」

新しい作品にチャレンジするのは久しぶりだった。言った言葉に嘘はないけれど、実際は書いては消しをくり返している。

「がんばってね」

ピンクのリップを塗った唇が笑みを浮かべたとき、あたしは気づく。柚希が愛想笑いをしているってことを。改めて見ると柚希の目は赤く、目の下の隈はファンデーション越しでも存在感を放っている。

自分のことばかりで精いっぱいで、柚希をちゃんと見ていなかったと後悔した。

「どうしたの？　柚希、疲れてる？」

「えー。そうなのかな」

おどけてみせたあと、柚希は「まあ」と続けた。

「ちょっと疲れてるかも。前にも言ったよね、クオカードがもらえるキャンペーンがあってさ、そのことで各方面から大クレームがきてるの」

出版社に就職できたのに、柚希は違う部署に配属されたらしい。どれくらい大変なのか、社会経験の少ないあたしにはわからないこと。

「怒られてばっかりでイヤになっちゃう」

自嘲するように言う柚希に、あたしは「でも」と言いかけて止めた。

「なに、ちゃんと言ってよ」

首をかしげる仕草は高校時代は見たことがなかった。世界が広くなり、きっと色んな人に出会う日々なのだろう。あたしの世界はあの頃のままなのに、どんどん変わりゆく柚希が自慢であり、少しさみしい気分。

自分で選んだ道なのに、もう迷子になっている気がしていた。柚希はあたしのことを忘れてしまうんじゃないか。顔も名前もわからなくなるんじゃないか。そんな不安がずっとある。

「いい。言いたくない」

拒否しても結局最後は言わされる。目を細める柚希に、昔から心の声を言葉に変換させられてきたから。

「よくわからないけど」と前置きをしてからあたしも首をかしげてみせた。柚希のようにうまくできないまま、続きを口にする。

「誰でも初めてのことで失敗はするるよ。それに同じ出版社なら、いつか小説の編集者になるチャンスはあるって。最初のうちは我慢するしかないよ」

「わかってる」

ほら、機嫌が悪くなった。

離れている時間が長いから、アドバイスもずれた内容になってしまうんだ。距離を取っていたのはあたしの方なのに、もどかしくなるよ。

「そういう彩羽だって、小説家になりたいって夢をつかめたのに断ったくせに。私なんかよりよっぽどチャンスがあったのにさ」

同じ場所をくるくる回るハムスターみたいに、会話が進んでいかない。

ただ、柚希に会いたかった。話を聞いてほしかったし、聞きたかった。それなのに、どうしてあたしたちはぎこちないの？

「ごめんね」

そう言うとあたしはパスタを口に放り込んだ。余計なことはもう言わない。柚希を好きな気持ちも一緒に飲み込めば、やっと自然に笑えた気がした。

「私こそごめん。がんばるからね」

「うむ」

おどけてみせるあたしは、前とは変わってしまったの。柚希に会いたい気持ちが強いほど、会うのが怖い。あたしのせいで将来の道まで変えた柚希を、心のどこかで恐れている。

違う言葉に喩《たと》えるなら、それは罪悪感なのかもしれない。

第四章　君想う白い季節

心春の新居は県営団地の四階だった。外壁を塗り直したらしく、遠くからでもまぶしいほど白く輝いている。

所狭しと郵便受けの下に並んでいる自転車をかわして階段をのぼる。色んなにおいと音が混在していて、団地住まいを経験したことがない私にも、懐かしさを感じさせる。

ようやく四階に着くと教えられた部屋番号を探す。プラスチック製の表札に『古馬流星心春』の手書き文字を見つけた。

ブザーを押すとなかから「開いてるよ」と心春の声がしたのでノブを回して入った。玄関には心春のブーツがいくつか並んでいる。

「久しぶりだね」足音とともに心春が姿を見せた。

声は心春なのに、見慣れぬ上下スウェット姿に思わず返事が遅れてしまった。

「ううん。あっ、明けましておめでとうございます」

「そんな改まっての挨拶はいいよ。入って」

靴を脱ぎなかに入ると、六畳くらいのリビングに通された。ソファセットとテレビが置かれているが、ほかのスペースは段ボール箱が積み木のように重なって置かれている。

「こんな恰好で、しかも散らかってて恥ずかしい」

「全然いいよ」

結婚してから二カ月経つというのに、まだ片付けてないのだろうか。几帳面で有名だった心春らしくないと思った。

結婚式は親族だけで執り行ったと聞いている。が、この部屋のどこにも写真は飾られていなかった。

お茶を出したあと心春は隣のソファに座った。

「新年早々呼び出しちゃったみたいでごめんね」

「ううん、無理やり来たのは私の方だし」

大晦日の朝、突然電話をかけてきた心春。最初は結婚祝いのお礼だと思っていたけれど、話をしているうちに心春の声に元気がないことに気づいたのだ。理由を尋ねても最初はごまかされていたが、やがて涙声になった心春に強引に会う約束をさせたのだ。

音を消したテレビを見つめる心春の横顔は疲れていた。新春恒例のお笑い番組から心春に視線を戻す。

持参したお菓子を渡してから、ふうと息を吐き自分に言い聞かせる。

――単刀直入に聞いた方がいいよね？

空想の友達はやっぱり返事をしてくれないけれど、ふいに思い出す映像があった。幼稚園でひとりで遊んでいる時、空想の友達がいつもそばにいてくれたこと。『土だらけになっちゃったね』『手を洗いに行こう』『あっちに鳥さんがいるよ』

あれは、ひとりぼっちだった私が見せた幻だったのだろうか？

「ご主人は？」

過去の記憶を頭から消して尋ねると、心春は口をへの字に曲げた。

「実家に戻ってる」

電話での印象は夫婦仲の問題に思えた。私の考えを先読みしたように、心春は右手を横に振った。

「別居とかじゃないよ。ただの里帰り」

『ただの』と言う割に、浮かない顔をしている。本人も気づいたのだろう、緩く笑みを浮かべた。

「旦那の実家、高知県なんだよ。すごくすごく遠い」

どうやって行くのが最短なのかわからない。東京からだと飛行機がベストなのだろうか？

電話口で心春は『どうしていいのかわからない』と泣いていた。今も同じように眉間にシワを寄せ、唇をかんでいる。

「心春、何があったの？　ちゃんと話をして」

「うん」

とうなずいた心春が肩で息をついた。

「義理の母のことなんだけどね、調子が悪いことは付き合ってる時から知ってたんだ。受診を勧めたんだけど、病院嫌いらしく全然聞いてくれなかった」

「うん」

「新婚旅行から帰ってすぐに、倒れて入院したって連絡が来た。糖尿病って診断されたみたい」

病名を言ったあと、心春は「もう」と続けた。

「あれほど病院へ行くように言ったのに全然聞いてくれなくて、挙句の果てには糖尿病だよ。しびれとか、目が見えにくいとかの症状……中度合併症とかもあるって言うし」

「義理のお父さんはいるのでしょう？」

「全然ダメ」

急に強い口調で心春は言った。

「十二歳も年上なのに、我関せず。お義母さんの手伝いもしないんだって」

「え、それじゃあ……」

積み上げられた段ボールは片付けの途中じゃない。ひょっとしたら……。

「流くん……旦那がね、介護休業を取って高知に戻ってるんだけど、結構大変らしくて――」

声が震えていることに自分でも気づいたのか、心春はそこで口をギュッと閉じた。代わりに大きな瞳に涙が滲んでいる。

「まさか、心春も高知へ行くの？」

「本当にまさか、だよね。介護休業って三カ月くらいしかないらしくて、それが終わったら有休消化をして退職するって。ふたりで高知へ引っ越して、同居するんだって」

音もなく心春の瞳から涙がこぼれた。

「心春……」

「糖尿病は落ち着いたとしても合併症の進行は止められないんだって。だからお前も来い、って。開けたばかりの段ボールにもう一度荷造りしろ、って当たり前のように電話口で言うんだよ。ふざけるな、って叫びたかった」

我慢してきた悲しみが一気にあふれ出しているように、あふれる涙を隠そうともせず心春はまくしたてた。

「私が悲しいのは、お義母さんの面倒を見ることじゃないの。家を建てるために団地に住んで、これからふたりでやっていこうって時に旦那はいなくて、しかも相談もなしに退職することも高知へ行くことも決めて……。ぜんぶ、私抜きで決まっていくのが悲しいの」

肩を抱くと心春は声に出して泣いた。真冬なのに汗ばんだ体が彼女の怒りを表している。

「ひどい話だね。新婚なのにあんまりだよ」

「結婚詐欺レベル。マジでムカつくんだけど」

少し落ち着いたのだろう、心春は唇を尖らせる。あれほど幸せそうに見えていたのに、ほんの数カ月でこんなに状況は変わるんだ……。

「これからどうするの？」

ぼんやりと段ボール箱を見ながら心春は、「離婚する」と強烈なワードを放ってから少しだけ笑った。

「そう言えたらいいんだけど、旦那は旦那で大変だと思うしさ……」

「うん」

「向こうに行ってから考える。でも、誰からも感謝されないようだったら大爆発してやるの。むしろ、それが今は楽しみ」

心春の決断に私が言えることはなにもない。もしも自分だったら、と考えようにも私は結婚からあまりにも遠い場所にいるし。

荷造りを手伝いながら、心春と話をした。高坂さんや田中さんのエピソードでたまに笑って、それでももう、心春にとってあのふたりは過去の人なんだと実感した。

ウーバーイーツで頼んだオムライスを食べている時、急に心春が「そうだ」と口を開いた。

「聞いたよ。柚希、高林君と会ってるんだって？」

「あ、うん」

思わず身構えてしまってから、

「ちょっと協力してもらってることがあってね」

なんでもないことのように答えた。

「らしいね。詳しくは聞いてないけど、探偵みたいなことしてるんでしょう？　でも、高林君と柚希のコンビが再稼働なんてすごいよね」

「あのさ……どこまで聞いてるの？」

「どこまで、って？　なになに、まさか付き合ってるの？」

カラカラと笑う心春に、「違う」と速攻で否定する。

「逆のこと。高林君って、私のこと恨んでたんだって。なのに無理やり協力させちゃってるみたいで気おくれしてる」

「ああ」

心春は宙を見て、オムライスをぱくり。

「恨むって言っても、それは彼のなかで満たされない思いがあったからだよ。わかりやすくいえば、高林君は勝手に迷路に迷いこんでたって感じかなあ」

「余計分からないよ」

スプーンを器に置き、心春は少し黙ってから「あのね」と顔を寄せてくる。

「私が言ったって言わないでよ？　高林君、入社した時からずっと柚希のことが好きだったの。だから、柚希がそっけない態度を取ると傷ついていたんじゃない？　再会したって連絡来たとき、すごくうれしそうだったし」

「まさか。ただの勘違いだよ」

先日夕飯に誘われたことは言わないほうがいいだろう。

私は、高林君をどう思っているのだろう？　まさか婿に来てなんて言えないし、こんな悪条件の私を選ぶとも思えない。だとしたら、私は彼に会い続けてもいいのかな。自分のことは自分がいちばんわからない。

「ほらそうやって、柚希はいつも『なかったこと』にしちゃう。それ、悪い癖だよ」

「いつ私がそんなふうにしたのよ。そんな記憶一度もありません」

身に覚えがないことを注意されるのは好きじゃない。心当たりがないと言えば嘘にはなるが、高林君のこと以外でのこと。

心春は口を『え』の形で止めてからがっかりしたように肩を落とした。

「高林君のことだって前に私がさりげなく言ったのに『ないない』って拒否したでしょ。あと、営業部の白石君からアプローチされたときも無視してたじゃん」

「ええ、そうだっけ？」

「そうだよ。柚希はそういうことが起きると、『聞かなかった』『気づかなかった』『見てなかった』にしちゃうんだよ。何度もチャンスはあったのにもったいない」

ふいに彩羽のことが頭に浮かんだ。あの小説に書かれている私への想いも、本当は気づいていたのに『なかったこと』にしていたんじゃないか……。

ううん、さすがにあれは違うよね。思い返してもそんな記憶はやっぱり見当たらない。

「なんか自信がなくなってきた」

「でしょう」と心春は得意げに、でもさみしげに笑う。

「前から思ってたこと、失礼を承知で言うね。柚希ってバウムクーヘンみたい」

「バウムクーヘン？」

「何層にも知識や思いやり、やさしさがあるのに、真ん中に大きな穴が開いてる感じ。そこに愛が入れば完璧なのに、っていうイメージ」

大事な部分が抜けている、ということだろうか。軽いショックを覚えつつも「やめてよ」と冗談ぽく返すが心春は真面目な顔のまま。

「言いたくなかったらいいんだけどさ、昔、なにかあったの？　大きな愛を失ったとか、ひどいフラれ方をしたとか、親からの愛情を感じないとか」

「え、ないと思う」

親からの愛情のくだりに少し引っかかったけれど、きっとどこの家も同じだろうし。

「そっかぁ」

急に安心したように明るい声を出した心春が手を叩いた。

「それなら高林君のこと、ちゃんと考えてあげて。ついに柚希にも幸せになる時が来たんじゃない？」

おどける心春に、あいまいに首を振ってみせた。今は、心春にもう一度幸せになってほしい。その気持ちのほうが大きかった。

玄関で見送ってもらう時、心春には二度と会えないような気がして、新年というのに帰り道は気持ちが重かった。

正月休み最終日は雨だった。電車のアナウンスが、降りる駅名を甘だるく伝えている。スマホの画面には彩羽の書いた小説が表示されている。第三話は、予想通り社会人になってからの私たちのことが書かれてる。何度読んでも自分が体験したとおりのことだし、第三者が創作したとは思えない。てっきり事故に遭う直前まで描かれると思っていたけれど、書かれていたのは社会人になって久しぶりに会った春のことだった。最後に会ったのは冬だったから、まだこの話には続きがある。

けれど第四話があるかどうかはわからない。そもそもいったい誰がこの小説をアップしているのだろう？　この数カ月ずっと考えていることを確かめたくて今日は電車に乗った。

「もう降りる駅？」

隣の席であくびをしている高林君を見る。

「うん」

昨晩まではひとりで彩羽の家に行くつもりだった。高林君から食事の確認の電話があり、今日のことを伝えたら『俺も行く』と強引に待ち合わせさせられたのだ。

心春が言っていた同僚時代の話が頭のなかでふわふわ漂っている。私を好きだったって、きっと過去のことだよね。食事に誘われたのも偶然のこと。

私って、いつも頭のなかに心配ごとが詰まっている気がする。空っぽになることはなく、ひとつが解決しそうになると自ら次の心配ごとを探しているのかも。

空想の友達がいてくれたなら、不安も消し去ってくれるのに。

「なんか元気ないけど大丈夫？」

どうして高林君は協力してくれているのだろう。答えを知りたくて、だけどやっぱり怖い。

電車から降り、改札を抜けると懐かしい風景が広がっていた。去年、人づてに知った彩羽の死に驚き、家に向かう時に見た景色だ。

ケンカのあと、一度でも顔を見せておけばよかった。あの日も感じた後悔がまた蘇る。

雨はほとんどわからない程度になっていたので、傘を差さずに歩き出す。

「で、どうするつもり？　アポも取ってないんでしょ？」

隣に並ぶ高林君がキョロキョロと周りを見渡しながら問うた。

「家の電話番号がわからなくって……。それに、たぶん家には入れてもらえないし」

「前回、彩羽さんのお兄さんにひどいこと言われたんだっけ？」

「親友のお葬式にも出ていないのに、亡くなってしばらく経ってから突然現れちゃったから」

――『ぜんぶ、お前のせいだ！』

耳に残る豊さんの怒号が、歩くスピードを遅くする。気づいた高林君がふり返り、肩をすくめた。

「どっちにしても一度はちゃんと話をしたほうがいいよね」

「わかってる」

「前に俺が言ったこと、どう思う？　ひょっとしたら彩羽さんが生きてるかも、ってやつ」

「ひょっとしたらあるんじゃないか、って……。思うというか、願っている感じかも」

もしも彩羽が生きていて、あの小説をアップしていたならどんなにうれしいだろう。万が一にもそういう可能性があるなら、それをたしかめたい。

再び歩き出す私に、高林君は「でもさ」と空を見た。さっきより少し雨を肌に感じる。

「不思議な男性の話も気になるよね」

あの男性が彩羽じゃないかという推理は、時間が経つほどに非現実的な話だと思えるようになった。亡くなった彩羽が現れるわけがないし、どう見ても似ていない。

高林君に相談したのはつい最近のこと。他の男性の話をしたくなかったのも大きい。うん、それは関係ないこと。迷路みたいな思考を整理するだけでも大変な毎日だ。

「彩羽さんに弟がいたってことはないの？」

「え……」

バタバタと雨の音が頭上でした。気づくと高林君が傘を差してくれている。

「彩羽には豊さんしかいないはず」

「じゃあ、従弟ってことはない？　彼が小説をアップしていて、それを知ってもらうために柚希さんの前に現れたとか」

「ありえる、かも」自信なげに答えてから、ふとひとつの傘に入ってることが恥ずかしくなった。自分の傘を差し高林君から離れる。

「そんなことより、前から『柚希さん』って呼んでたっけ？」

「バレたか。会ったことのない彩羽さんのことは名前で呼んでいるのに、下居さんが苗字なのはおかしいかな、って。嫌なら改める」

黒い傘の下で照れた顔をしている高林君に、

「嫌じゃないよ」

と答えて歩き出す。少しだけ気持ちが軽くなったように思えるけれど、そんな自分を不謹慎だとも思う。

高林君への気持ちを考えている時じゃない。まずは、彩羽のことだ。

心春が言っていた『なかったことにする』んじゃなく、保留にする感じ。

角を右に曲がり、少し進んで左へ。歩くたびに雨は強さを増し、行く手を阻んでいるよう。

灰色の景色のなか、ようやく彩羽の家が見えてきた。低い塀の向こうには、小さな庭が広がっている。雑草が生い茂っていて、バケツが転がっている。あまり手入れがされていないみたいで、一見すると空き家にも思えた。

表札に『上野』と書かれているのを確認し、門を開けた。小道の向こうに玄関が見える。息苦しさを感じないフリで玄関の前へ行き傘を閉じた。インターフォンを押すと、階段をおりてくる足音が聞こえた。

彩羽じゃない、とすぐにわかる。彼女の歩き方は今でも覚えている。

カギを開ける音がし、豊さんが顔を出した。無精ひげが伸びていて、前に会った時よりさらにやせている。

「突然すみません。あの――」

「入って」

豊さんは私が挨拶をする前に、ドアを大きく開けた。また怒鳴られることを覚悟していたから、予想外の行動に逆に固まってしまう。

「すみません、高林と申します。僕もお邪魔してよろしいでしょうか？」

「――どうぞ」

背中を押され、そのまま玄関のなかへと進む。豊さんはもう背を向け廊下を進んでいる。

「お邪魔します」

慌てて靴を脱ぎ、薄暗い廊下を進んだ。

リビングにはソファセットとテレビが置かれてあり、庭へ通じる窓は雨戸が閉められていた。私たちがソファに座ると、丸椅子を持ってきた豊さんが正面に腰をおろした。疲れた顔をしている、と思った。

高校時代も何度か会ったことがあるけれど、大学生以降会ったのはあの日だけ。鋭い目つきで私を射るように見ているが、口は閉じたまま。

「突然来てしまってすみません。私……」

なんて言えばいいのだろう。なにを謝ればいいのだろう。

高林君が身を乗り出すのがわかったので「あの」ととっさに口にした。私から言うべきだろう。

「ちゃんとお話がしたくて来ました」

「なにを?」

間を置かずに返される言葉は、ナイフのように鋭い。豊さんは膝の上に両肘を置き、手をあごの前で組んだ。しばらくそのまま私を見ていたが、やがてふっと力を抜き目を伏せた。

「ごめん。これじゃあ前と同じだ」

「いえ……」

「あの時はせっかく来てくれたのにひどいことを言った。言い過ぎたと反省はしている」

そんなことはない、と伝えたいのに体が硬直したように動かなかった。

「でも」と、二文字を強調したあと豊さんは苦し気に顔をゆがめた。

「彩羽にとって君はたったひとりの友達だった。高校生のころから口を開けば『柚希が』ってそればっか。なのに、君は彩羽に会いにこなかった」

「お葬式のこと、本当にすみませんでした」

頭を下げる私に豊さんは「え?」と気の抜けた返事をした。見ると、いぶかしげに眉をひそめている。

「俺が言っているのは葬式のことじゃない」

そう言ったあと、豊さんは視線をソファのうしろへやった。ふり向くとそこには小さな棚が置かれていて、その上に彩羽の写真が飾ってあった。最後に会った日の写真だとすぐにわかる。冬の海をバックにひまわりのように笑う彩羽。お腹のなかから悲しみが一気にこみあがってくる。

「彩羽は……やっぱり亡くなった……んですね」

うまく声に出せないまま、涙があふれてくる。

「そうだよ。もう……いないんだよ」

「すみません。私が悪いんです。私が……あの日、彩羽と――」

嗚咽が漏れるのを必死でこらえる。ここに来て、もしも彩羽が生きていたなら、なにもかも元に戻ると思っていた。もう一度、彩羽と笑い合えるって。

だけど、そんなのはただの幻想だった。

「なにが親友だよ。親友ならお互いに連絡を取り合うものだろう？　今さら後悔しても遅いんだよ」

怒鳴りたいのを必死にこらえているような震える声は、余計に私の心を深くえぐった。

彩羽の死を知った日にも同じような感覚を覚えた。

――ねえ、助けて。

空想の友達に助けを求めるのも同じ。

「お兄さん、聞いてください。彼女はあの日、彩羽さんから絶交されたんです」

突然、高林君が口を開いた。

「……絶交？」

「ええ、絶交です。柚希さんが連絡を取ろうとしても拒否され、この家の住所すら教えてもらえなかったんです」

「高林君、それは――」

私の声にかぶせるように、

「だから、彩羽さんが亡くなったことも知る術がなかったんです」

高林君はまっすぐに豊さんを見て言った。

沈黙が場を支配したあと、豊さんはゆっくりと体を起こした。

「絶交されたのは、いつのこと？」

「十二月です。就職した翌年の冬です」

「そう……」

さっきまでの怒りは消え、どこか空虚な目に見えた。

言わなくちゃ。ちゃんと伝えなくちゃいけない。

「それでも、高校時代の友達に聞いてみるとか、できることはありました。彩羽が亡くなったことを知らなかったなんて、自分で自分が許せません」

「あの日――」と、豊さんは力の抜けた声で言った。

「ここに駆けつけた時も言っていたね。『自分で自分が許せない』って。それは今も同じなわけだ」

「はい」

すうと息を吸い、背筋を伸ばした。

「今でも変わりません。私は自分を一生許さずに生きていきます」

私のせいで彩羽は死んでしまった。あの日、ケンカなんかしなければ今もそばにいたのに。

彩羽のことも、高林君が恨んでいたことも、田中さんのことも、母のことも、全部私が引き起こしていること。無意識に私は他者を傷つけながら生きている。そう思った。

「君は？」

高林君へ視線を向けた豊さんが不思議そうに尋ねる。

「僕は高林と申します。彩羽さんが利用されている小説投稿サイトを運営している会社に勤務しております」

現在進行形で説明する高林君に、豊さんは目を大きく開いた。

「彩羽の小説？　ああ、ケータイ小説みたいなやつ？」

「うちは縦書きの小説投稿サイトです」

豊さんは「待ってて」と立ち上がると、部屋を出て行った。雨戸越しに雨の音が聞こえている。

「前に進めたね」

高林君がそう言ったのでうなずく。でも、心のなかではわかっている。豊さんは必死で怒りを抑えているって。

彩羽は軽自動車に撥《は》ねられた、と高校時代のクラスメイトが教えてくれた。運転手によると、突然飛び出して来たって。

その原因を作ったのは私。直接ではないにしても、彼女が亡くなる原因を作った私とは会いたくないだろう。

「進めてるよ。だって、お兄さん反省してたし」

見ると、高林君は真剣に諭すような目で私を見ていた。

「うん。高林君のおかげだよ」

「俺は別に……。このあとの食事狙いなだけだし」

鼻の頭を掻く高林君が私を好きだったというのは本当のことだろうか。たとえそれが真実だったとしても、私たちの関係に進展はないだろう。

彩羽のこと、跡取りのことなど、私には複雑な環境が鎖のように巻きついているから。どんな刃だって断ち切ることはできない。

豊さんが戻ってくると、その手にはピンク色のノートパソコンがあった。まさか、と思っている間に目の前に置かれる。表に黒猫が泣いているイラストのステッカーが貼られているそれは、彩羽の愛用品だ。私に会う時もよく持っていた。

「彩羽の遺品。こないだ開いたら――ちょっと待ってて。起動に時間がかかる」

電源を入れたあと、しばらくしてから豊さんは操作してから画面をこちらに向けた。

メールの受信フォルダが表示されている。私の横に移動した豊さんが、『保護メール』のフォルダをクリックした。差出人が【小説投稿サイト　ノベルスター】と記されたメールが並んでいた。

「だいたいが『今週のおすすめ作品』みたいなメールだったんだけど、これ見て」

カーソルが一通のメールを開く。そこには【公開予約完了のお知らせ】というタイトルがあった。

「え、これって……」

「このメールがいくつか届いていた。予約されたのは彩羽が亡くなる直前。さっきの話を聞いてようやくわかったんだけど、あいつ、自分の小説を予約投稿していたんだな」

豊さんがうしろに下がったのを確認し、もどかしい気持ちでほかのメールを開く。全部で四通のメールに公開予約完了と記してあった。

最終話にあたる四話の公開日は、来週の月曜日の十九時となっている。

「じゃあ……やっぱりあの作品は彩羽が書いたんですね」

鼻がツンとすると同時に涙がぽろぽろとこぼれた。文字に手を当てると、彩羽と久しぶりに会えた気がした。

高林君は黙って画面を見つつ「だね」と小さな声で言った。

「あいつはよく『公開日予約をして、そこから書き始める』と言ってた。自分なりの締め切りなんだって。俺には意味がわからなかったけれど、その日に向けて必死でやってたよ」

「そうだったんですね」

涙声がまだ震える。

元の席に戻ると豊さんはまだ難しい顔をしている。

「俺が読んでもいいものなのか？」

返事に詰まったのは、次の第四話で事故のことが描かれるかもしれないから。いや、ひょっとしたらケンカのシーンで終わるかも。そうすると、豊さんは私への憎悪をさらに募らせるかもしれない。

でも……。

「ぜひ見てください。ここには彩羽が高校生だった時からのことが綴られています」

彩羽がどんなふうに考え、生きてきたのかを豊さんにも知ってほしかった。たとえ悲しい結末になる話だとわかっていても、そうしてほしいと願った。

「俺は――」

遺影に目をやった豊さんが首を軽く横に振る。

「彩羽の死をまだ受け入れられないでいる。君のことを許せていないのも確かだ」

私を見る目に、さっきまでの鋭さはなかった。涙で潤んだ視界で、何度もうなずく私に、豊さんは「でも」と続けた。

「お互いの認識の違いがあることがわかった。だから、今日は来てくれてありがとう。決心が付いたら、小説を読んでみるよ」

　もう、雨戸の向こうに地を打つ雨音は聞こえなかった。


「違うんです」とは、武藤さんの口癖だ。

　帰社した途端、聞こえてきた声。高坂さんのデスクで身振り手振り大きく、武藤さんはなにやら弁明している。田中さんはまだ外回りのようで不在。

　しょうがない、とバッグを置くとそのままふたりのいる方へ足を進めた。

「お疲れ様です」

「あ、柚希さん！」

　うれしそうに手を叩く武藤さんと対照的に、高坂さんは片眉を下げている。これは高坂さんが最も不機嫌な時にする顔であることは承知している。デスクに置かれているのは武藤さんの作った『企画書』だ。

　年明けから、『CITY　WORKS』ではスタッフによる企画コンテストが開催されている。売上アップのための新しい企画を募っているのだ。

「あたし、お正月休みに企画書を作ったんです。で、提出したら編集長から怒られちゃってるんです」

「いえ、怒っているわけではありません。そもそも、企画書の体を成していないから注意しているのです」

「失礼」と言って、武藤さんの企画書を開くと、すぐに高坂さんの言いたいことがわかった。

そこには【案① 特典をつける】と大きな文字で書かれてあったのだ。それに対する説明の文章は二行書かれているだけ。次のページには【案② 女性は選ぶことが好き】。こちらは一行の説明文が添えられていた。

「どうですか？」

満面の笑みを浮かべる武藤さんから高坂さんに目をやる。

「こちらお預かりしてもいいですか？」

「頼むよ」

丁寧な口調でない高坂さんは久しぶりに見た。おそらく、私が帰社するまでに相当苦労したのだろう。

席に戻ると、武藤さんは「もう！」と高坂さんのデスクに聞こえるくらい大きな声を出した。

「あたしがどれだけがんばったのか、あの人ちっともわかってないんですよ」

ふたつのデスクの間に武藤さんが作った企画書を置いた。ちょうど田中さんも戻ってきたので目で合図を送り呼び寄せる。

「お疲れ様です」

「あ、田中君。聞いてくださいよ、あたしパワハラ受けたかもしれないんです」

目を丸くした田中さんは、自分の椅子を私たちの後方に持ってくると座った。

「武藤さん」とやさしく声をかけると、彼女はこれみよがしに肩で息をつく。

「企画書を休みの間に作ったなんてすごいね」

「でしょう？　なのにあいつ、ちっとも――」

「ひとつだけでもすごいのに、ふたつもなんて本当にびっくりした」

「まあ……」

企画書をめくると同時に田中さんが「ああ」と小さな声で理解を示した。デスクトップに保存してある自分の企画書を呼び出し、画面を武藤さんに向けた。

「え、これ柚希さんが作ったんですか？」

「まだ途中だけどね」クリックして内容を表示する。

「企画書っていうのは、プレゼンの資料じゃないの。画面や印刷された紙を見て、それだけで相手にわかってもらわなくちゃいけない。ほら、こんなふうに企画の目的や内容、予算や収益予想まで記載するものなの」

「それは知ってます。でも、直接言ったほうが説得力があると思ったんです」

唇を尖らせる武藤さんに大きくうなずいてみせた。

「武藤さんは書類よりも実践だよね。あなたが入社してから、誌面に活気が出てるって評判なのよ。それって本当にすごいことだと思う」

応募者アンケートでも、実際の問い合わせ数でも武藤さんのデザインした枠は人気だった。田中さんのあきらめない教育があってこその結果だろう。

「でもね、企画書は誰に見せてもそれだけで納得してもらえなくちゃいけない。見る人が百人いたとするでしょう？　その人全員に説明して回るのは不可能じゃない？　だとしたらせっかくのアイデアも理解されないよね？」

「まあ、そうですね」

ようやく自分の企画書が機能していないことを悟ったのだろう、武藤さんは声のトーンを落とした。

「でもこの企画、とてもよさそうだから一緒に作成しない？　もちろん作成者は武藤さんの名前だけでいいから」

「僕も手伝います。なんだかおもしろそうですね」

田中さんも穏やかな口調で同意してくれた。武藤さんはまだ不満げな顔をしていたが、やがてこくりとうなずいた。

「じゃあ、まずはそれぞれについて教えてくれる？」

「簡単なこと。ひとつめは、『ＣＩＴＹ　ＷＯＲＫＳ』で応募してくれた人には時給を上乗せするってやつ。入社から三カ月とか六カ月とか期間を決めて、時給を五十円アップするの」

「え、それは――」

表情を曇らせる田中さんにそっと左手を広げて制した。

「すごくいいアイデアだと思う。どうしてこの案を思いついたの？」

「求人情報誌っていくつかあるじゃない？　うちで応募しよう、と思ってもらうには特典をつけたいって思ったの」

「『ＣＩＴＹ　ＷＯＲＫＳ』からの応募に意味がある、と思ってもらえるのは大切ね」

武藤さんは「でしょう」と明るい声を出した。

いい考えだと思うが、実現するのは難しいだろう。時給を五十円上げるとしても、その負担はうちの会社になる。八時間勤務で最大週に五日勤務したとしたら、週に二千円の経費がかかる。月にして八千円強。採用が複数名いればその分、経費や計算、やり取りで大変になることは目に見えている。

そもそも、働いている人が三カ月後に『時給が下がった』と感じるのは間違いないし、そこで転職を視野に入れることもあるだろう。

以前ならその場で却下していたことでも、最近の私は客観的視点を持つことができている。

「じゃあ、ふたつめの案は？　まず最初に言っておくけれど、男女差を謳うことは禁止されているの。これは女性だけの企画？」

「あ、そういうことじゃなくってですね、なんていうのかな……。例えばＡ社とＢ社が同業種で求人を出したとするでしょう？　応募する人は同条件なら迷うと思うんだよね。だから、企画に賛同してくれている会社にはマークをつけて、複数応募可能にしちゃうの。で、そのふたつともで採用してもらうわけ。月替わりでも週替わりでもいいから両方の職場で働いてもらって、三カ月後とかにどちらかを選んでもらうってこと」

「それ、すごくおもしろいですね」

田中さんが感心したように言った。たしかに、同業種で同じ条件だとしたら残るは通勤距離や手当てなどで差がつくだろう。もし、ふたつの職場を交互に体験できるとすれば、働き手にとってはかなり有利だろう。

「でもね、これって雇う側にもメリットがあるんだよ」

武藤さんが田中さんを振り向いて言った。

「どんなふうに?」

「採用期間は三カ月に限定するわけ。で、働く側もどちらかを決める。雇う側もたとえ選んでもらったとしても、そのまま雇用継続するかは決められる。つまり、二股のお見合いって感じ」

喩えはどうかと思うが、この案のほうが実現可能な気がした。デスクトップに表示された自分の企画書を武藤さんのメールに送信してから、私は体ごとふたりのほうへ向いた。

「率直な意見で言うとふたつめの案のほうが通りやすいと思う。でも、これは武藤さんの企画だから、もう一度自分が推したいほうを選んでみて。今、メールで企画書を送ったから、参考にしてくれる?」

「はい」

「あと、これだけは注意させて。高坂さんは私たちの編集長。『あいつ』呼ばわりしたり、失礼な態度は控えるようにして。言いたいことは企画書に落とし込んでね」

今度は返事なく小さくうなずく武藤さん。きっとわかってくれただろう。

「じゃあ、早速作ろうか」

立ち上がる田中さんに素直についていく武藤さんだったが、数歩進んだところで立ち止まり私に頭を下げた。

「ありがとうございました」

「こちらこそ、刺激になった。私もがんばらないと」

正直、さっきのふたつめの案は私の提出する企画よりも将来性があると思った。コーヒーでも飲んで仕切り直そう。

給湯室に入ると、運悪くコーヒーマシーンにエラーが表示されている。コーヒー豆の補充をしなくてはならない。棚から袋を取り出していると、高坂さんが入ってきた。

「先ほどはご迷惑をおかけしました」

袋を片手に頭を下げた。

「いえ。ちょうどいいところに帰ってきてくれて助かりました」

この頃は、高坂さんに嫌みを言われなくなった。たまに言葉の端に感じることはあるけれど、悪意がないのは伝わるし、そもそも私のミスであることも多い。

とっさの時、客観的に自分を見ることは難しいけれど、ズームアウトすることで見える景色もあるんだな。

「コーヒーですか?」

「ああ。どうも眠くてですね」

セットが完了したのでマグカップを受け取る。豆を砕く音が心地よく響きだす。

「下居さんにお話があります」

「はい」

「第一編集部へあなたを推薦しようと思っています」

あまりに驚きが大きいと声も出せないことを知った。ぽかんとする私に高坂さんはにっこり笑った。

「期日ははっきりと申し上げられませんが、おそらく春にはと考えています」

「あ、はい……」

機械的にマグカップを渡していた。高坂さんは「まだ皆さんには内密に」と言い、給湯室を出て行った。

ぼんやりと壁紙を見ているとほかのスタッフが入ってきたので給湯室をあとにする。

コーヒーを淹れ忘れたこともどうでもいいくらい、心臓が高鳴っているのがわかった。

スタバで買ったコーヒーは、一気に飲める程度にぬるくなっていた。駅前のベンチに腰かけ、さっきからスマホの画面を確認している。十九時を過ぎたというのにまだ、彩羽の最新話は公開になっていない。

豊さんは、彩羽の遺作を読んでくれたのだろうか。慰めになるのか怒りを助長させるのかはわからないけれど、彼女の想いが詰まった作品を読んでほしい。

曇天から雪が落ちてくる。はらはらと舞いながら、東京というには田舎すぎる街を白く染めていく。

——高林君は今ごろなにをしているのだろう。

浮かんだ顔を瞬時に消し、スマホ画面に目を戻す。こんな状況で思い出すなんてありえない。デートの誘いだって、私に付き合ってくれているのだって、全部ただの元同僚として。さらに、嫌っていた相手に対してのこと。

会う人全員から疎まれている私だもの。この冬は、少しずつ現状を変えようと思えているけれど、それでもやっぱり誰かを好きになる資格なんてない。

そうして私はまた高林君のことを考える。同じところで躓《つまず》いて、立ち止まっているだけ。決して出口の見つからない迷路でさまよっているだけなんだ。

雪は粒を大きくし、ベンチの上にもまばらに落ちている。

——ねえ、助けてよ。

空想の友達に語り掛ける。

――大丈夫だよ。

ふいに丸い声が聞こえた。ううん、聞こえたというより頭のなかで響いたような感じ。まさか、幻聴まではじまったの？

――あなたは誰？

――あなたは柚希。

――そうじゃなくてあなたの名前は？

――忘れちゃったの？

懐かしい空気が体を包み込んでいる。閉ざしたはずの記憶の底に、あの子がいる。困った時にいつも助けてくれたあの子……。

外気の冷たさも感じない。ただ、過去にたしかにいたはずの友達の姿を捜す。

名前はたしか……。

「こんばんは」

声にゆるゆると顔を上げると、あの男性が目の前に立っていた。いつもと同じ赤いパーカーにジーンズというスタイル。やさしい笑みを浮かべている。

ああ、そっか……。

「あなたは、私の空想の友達なんだね」

するりと出た言葉に、男性はなにも答えてくれなかった。

よく見ると彩羽とはやっぱり似ても似つかない。むしろ、遠い記憶のなかで彼を見た気がする。

「僕の名前を呼んでほしいんだ」

　これは私が見せている幻なの？　ううん、幻だっていい。空想の友達は実在していたんだ。でも待って、空想の友達とは顔を合わせたことがないはず。

「あの……ヘンなことを聞くけどいい？」

「もちろん」

「子供の時にね、困ったらいつも相談していた友達がいたの。その子はいつも私を助けてくれた。姿は見えないけれど、声は聞こえていて……」

　おかしなことを言っていると思われそうで口を閉じた。二十年も前の、しかも空想の友達がここにいるわけがない。けれど、彼が白い歯を見せて笑ったから驚いてしまう。

　それは夜に降る雪にあまりにも似合っていて、映画のワンシーンみたいに美しい。

「やっと思い出してくれたんだね。ありがとう」

「じゃあ……あなたが空想の友達？　え、どうして？」

「もう少しで名前を思い出せるはず。そうすればぜんぶうまくいくはずだから」

「うまく……？　それって仕事のこと？　それとも――」

　言葉を切ったのは、彼が空を見上げたから。あごのラインから私も空へ視線を移した。

　少しずつ色んなことが動き出している。それらを解決していけば名前も思い出せるのかもしれない。

この冬は不思議なことばかり起きている。人生の総決算みたいに過去が私に押し寄せてきているみたい。無数に落ちてくる雪が、私を街を世界を洗い流している。

視線を戻すと男性の姿は消えていた。

空想の友達は同性だって思い込んでいたけれど、今思えば男の子だった記憶がある。彼は私の空想の友達。深く考えず受け入れれば、きっと名前も思い出せるはず。不思議とそんな気がしていた。

立ち上がり、私も帰ろう。

『私のともだち』

My Friend

著：植野いろは

第四話「会いたい、会えない」

【厳正なる審査の結果、残念ながら落選となりました】

郵便受けに入っていた出版社からの手紙はそっけなかった。キッチンに立ったままその文字を何度か読み返す。今日は昼間からやけに寒く、冬がまた来たことを教えているみたい。

封筒を開ける前からコンテストの結果はわかっていた。

それは三日前のこと。最終候補に残った八名のうち、ひとりのSNSに『人生でいちばんうれしいことが起きたよ！』と書き込みがあるのを見つけたから。

『きっとあのことですよね。おめでとうございます！』『ダントツにずば抜けてたと思います』など時期尚早のお祝いコメントが並んでいた。その人をブロックすると、文字は消えたけれど前よりもっとイヤな気分になった。

印刷された落選通知を何回か読み直し、キッチンの隅にあるゴミ箱へ投げた。丸めた封筒はゴミ箱の前で力尽き落下し転がった。ゴミ箱を蹴っ飛ばすと、少しだけ胸がスカッとした。

受賞した人のせいじゃない。あたしがうまく書けなかったからだ。一次選考を通った時は二次選考の通過を願い、最終選考まで残っていた昨日までは奇跡を願い続けた。

また最初からやり直せばいい。そう思っても、毎日埃のようにたまる苛立ちを一掃できなかったもどかしさにため息がこぼれる。

「大丈夫か？」

　ひょっこり顔を出した兄に、「うん」と答える。事業がうまくいっているらしく、先日はおこづかいをくれた。なにをやっているのか、どれくらい儲けているのかは知らないけれど、最近ではたまに話をするようになった。

「大丈夫って割には暴れてたみたいだけど。犬でも飼ったのかと思った」

「まさか。また小説のコンテストに落選しただけ」

　部屋に戻ろうとするあたしに、「待て」と声をかけてきた。

「あたし、犬じゃないし」

「俺たちは番犬だろ。泥棒が入りようがないくらい常駐してるし」

　懐かしいな、と思った。母がいたころは兄ともよく話をしていた。たったひとつのほころびで、家族全体がおかしくなってしまう。修復すればいいのに、誰も元に戻そうとはしないまま時は流れていった。そう、あたしだけじゃなく、父も兄も傷ついていたんだ。

　兄は冷蔵庫からプリンを取り出すとプラスチックのスプーンと一緒に渡してきた。

「これ、やるよ」

「ひどくみじめな気分」

　憎まれ口をたたくあたしに兄は肩をすくめた。

「それを力に変えればいいさ」

「簡単に言わないでよね。一作書きあげるのにどれだけかかったのか、知らないくせに」

「知らないから言えるんだよ」

鼻歌をうたいながら部屋に戻る兄を見送ってから、キッチンに腰をおろした。

あたしは、このままでいいのかな。小説家になりたい夢はどんどん大きく、輝きすぎて目がくらむほどに成長している。どんなに手を伸ばしても触れることができない夢は、いつまで追い続けなくちゃいけないんだろう。

たまに思う。ぜんぶ投げ出してしまえたら、って。でもあたしには小説以外にやりたいことなんてない。

もっとも、やりたいことを仕事にしている人は稀だし、人生は思った通りにいかないことは知っている。それでも、子供の頃からの夢は未だに輝きを完全に失ってはいない。

柚希とは最近また会えていない。仕事が忙しいらしく、クライアント次第で予定が変わるので、約束をしても果たされないことも多かった。前回まではあたしのほうが会わないようにしていたのに、今は会いたくてたまらない。

新しいこの家にも結局呼んでないし、コンテストの結果は柚希も気にしているだろう。

『今度、会える日ある？』

スマホでメッセージを送った。きっと退社後に確認するだろうから、返事は明日になるだろう。

「会いたいよ」

プリンを口に入れると、カラメルが苦くて泣きそうになった。

　忙しいはずなのに、やっと会えた柚希はこれまででいちばん綺麗に見えた。さらさらの髪が照明で輝いていて、コートも洋服も初めて見るものだった。バーでの待ち合わせと聞き、あたしだってそれなりにまともな洋服を選んだつもりだけど、柚希とは比べるべくもないくらい見劣りしている。

「休みの日くらいはオシャレしたいし」なんて、昔じゃ考えられないことを言い、モスコミュールをオーダーする友が、知らない人に思えた。

「最近どう？　小説がんばってる？」

　乾杯のあとビールを半分近く一気に飲むあたしに柚希が尋ねた。なんだか他人行儀に思えたけれど、久々の再会だから距離感があるだけ。

「がんばってるけど、なかなか……。柚希は忙しそうだね」

「周りの子はどんどん希望の部署に行けてるのに、私だけ居残りなんだよ。求人誌部門でもどんどん先輩になっていくし、ほんとやってられない」

　愚痴をこぼすなんて、前向きな柚希にしては珍しい。柚希が社会人になって一年半、会うのは半年ぶりだ。

「小説の編集部への異動希望は伝えているんだよね」

「あ、うん。まあね」

　これは柚希がごまかす時の言いかただ。肝心なところで気持ちを言葉にできないから、今は様子を見ているのだろう。

「でもさ、編集長がすごーく意地悪でね——」

モスコミュールを飲み干しても愚痴は止まらなかった。

コンテストの落選を報告するはずが、タイミングを失ったまま柚希の話は続いている。

今日の誘いがコンテストの結果のことだって知ってるはずなのに、どうして聞いてこないんだろう。

金曜日のせいで店内は混んでいてＢＧＭも聞こえないくらい客の話が渦を巻いている。

やっぱり人が多いところは苦手だな……。

「上司だってその上司にあたる人に厳しく言われているのはわかるよ？　でもさ、そこをぐっとこらえて部下にはやさしくすべきだと思うんだよ。私が心春ちゃんみたいにうまく立ち回れないのが原因なんだけどさ」

柚希の話には新しい登場人物が当たり前のように登場する。もう酔ったのか、赤らんだ頬を押さえた柚希が「ああ」と嘆く。

「恋人でもいれば少しは気が紛れるのになあ」

「……なにそれ」

思わず低くなる声のトーンを無理やりあげ、

「男なんて必要ないでしょ」

明るく言葉をつないだ。

「心春ちゃんは彼氏ができてから変わったんだよ。嫌みを言われてもニコニコしてるもん。

聞いたら『たかが仕事。愛こそすべて』って言ってた」

「話だったらあたしが聞くよ。今だって聞いてるじゃん」

——好きなの。ずっと好きなままあたしは生きているんだよ。

やけに苦いビールを飲み干す。やっぱりアルコールは苦手だ。柚希はぽかんとしていたけれど、やがておかしそうに笑った。

「彩羽は自分のことで精いっぱいじゃない」

「そんなことないよ」

どんなに会いたいと思っているか、柚希は知らない。叶わない想いを小説の登場人物に託していたことなんて、知ろうともしない。

勝手に片想いしているくせに、勝手にイライラしている。片想いってむくわれないだけじゃなく、自分自身を削っていくみたい。削って削って、最後はなんにも残らないものなのかもしれない。

柚希が三杯目に梅酒を頼んだ。

「いくらなんでも飲みすぎじゃない？」

「飲み会だといつもこんな感じだよ。ねえ、そんなことよりさ」

顔を近づけてくる柚希。コンテストの結果について尋ねてくるのだろう、と身構えた。

柚希はため息をひとつ落とすと、口ごもるような素振りを見せた。

「あのさ、これは……質問というかアドバイスなんだけどね」

「あ、うん」

「就職したほうがいいんじゃない？」

「……え？」

きょとんとするあたしの目の前で柚希は手を横に振った。

「深刻な話じゃないの。ただ、私たちもう二十歳を軽く越えちゃったよね？　小説の編集部に行けるのもずいぶん先になりそうだし、彩羽ももう一度就職したほうがいいんじゃないかな、って」

酔いは一気に醒め、体中の血がサーッと引いていくような気がした。今、なんて言ったの？

「なんで……そんなことを言うの？」

なんとか冷静さを保とうとするけれど声が震えているのは自分でもわかる。

「今はバイトだけだよね？　社会保険をきちんと掛けてくれる会社に入ったほうがいいと思う。いつまでも夢を追うのは素敵なことだけど、まずは地に足をつけるべきかも、って」

「……」

視線を空っぽのグラスに落とせば、やけに周りの話し声が大きく聞こえた。

「あきらめろ、とは言ってないよ。これまでとは違う景色を見ることで新たに描けることってあると思うんだよね」

納得するようにうなずいてから、柚希は梅酒を口に運んだ。隣にいる柚希がまるで知らない人に思えた。

「あたしには才能がないって――」

「そんなこと言ってない」かぶせるように柚希は言う。

「そうじゃなくて、ずっと小説ばかりに集中するより、社会人作家として活動すべきだと思ったの」

「なにそれ……」

こんな話をしたくて呼んだんじゃない。

「え、怒ってる？」

そんなこともわからないほど、柚希は遠い存在になってしまったんだ。ううん、前からそうだったんだ。会いたいのはいつもあたしばかりで、彼女はもう新しい人生を歩き出している。

「今、自分が友達を傷つけてるってわかって言っているの？」

「あ……」

ようやく言い過ぎたことに気づいたのか柚希は口を閉じた。私を見る瞳が哀れみを湛えているように見えた。

「あたしが不幸だと思ってるなら余計なお世話。なにが就職しろ、よ。やりたい仕事ができていない柚希に比べたら、たとえバイトでも小説家を目指してるあたしのほうがよっぽど毎日楽しいんだから」

「傷つけるつもりはなかったの。ただ、私は……」

「もういい。会ったのがバカだった」

ムッとしたのか、柚希は硬い表情でグラスを置いた。

「心配してるのにそんな怒らなくてもいいじゃない」

「柚希はあたしのことなんて心配してないんだよ。希望する編集部に行けないから、ぜんぶ諦めようとしてる。同じようにあたしを諦めさせれば罪悪感なく転職でもなんでもできるもんね」

スツールから降り、財布からお金を取り出し乱暴に渡す。

「転職しようだなんて考えてない。だって、コンテストまた落選したんだよね？」

「知ってるなら慰めるのが普通じゃん。柚希、あんた変わったね」

「彩羽は変わらなすぎなんだよ」

揉めているのがわかったのか周りの人が話を止め、あたしたちを興味深げに眺めている。

そう、あたしたちの関係はいつからかおかしくなっていたんだ。

「もう会わない。柚希なんて友達じゃない。二度と連絡してこないで」

言い捨ててバーを飛び出した。振り返らないまま駅に向かって駆ける。大通りから細道へ逃げたのは、柚希が追ってくるかと思ったから。必死で走り、銀行の角で足を止めた。

寒さなんて感じないほど息が苦しい。

　ふたりで叶えたかった夢は砕け、恋も失った。たぶん、前からこんな予感はあったんだ。あたしが見ないようにしてただけ。

　スマホが柚希の着信を知らせ震えている。拒否ボタンを押し、メールもSNSもブロックした。

　二度と柚希には会わない。もし、次に会うときはあたしが小説家になれた時だ。絶対に柚希を見返してやる。

　強い気持ちとは逆に、涙がぽろぽろこぼれた。

「なんでこんなふうになっちゃうのよぉ……」

　高校時代がいちばん楽しかったな。あの頃は無邪気に夢を語り合ってた。大人になったら夢を持ってはいけないの？　どこかで区切りをつけ社会に適合していくことが正しい道なの？

「もう、いいよ」

　つぶやいて再び駆け出す。信号の青が涙でキラキラまぶしく光っている。

　横断歩道に飛び出した時、急ブレーキをかける音がすぐそばで聞こえた。次の瞬間、強い衝撃を受けたと思ったら、あたしの体はアスファルトに転がっていた。起きようとしても体が言うことを聞いてくれない。全身が引き裂かれるような痛みのなか悲鳴が聞こえる。

　仰向けになった空には星も見えない。

　あたしの目にはなにも映らない。

やがて、世界は色も音も失った。

第五章　この冬、いなくなる君へ

毎年年末はあっと言う間に過ぎる印象だけど、新年になってからのほうが早足で時間が流れている印象。

二月になり、さらに冬は濃くなった気がする。喫茶店のなかは暖かいけれど、入口近くの席のせいで自動ドアが開くたびに冷たい風が足元でダンスしている。

「せっかくのデートなのに、浮かない顔してるね」

バターたっぷりのパンケーキと格闘しながら高林君が言った。私はコーヒーだけ。

「え、デート？」

思わず大きな声で聞き返してしまった。

ここに来たのは、彩羽の新しく公開された小説についての話し合いのはず。私の反応に高林君はコロコロと笑った。

「冗談だよ、冗談」

「やめてよね。こっちは真剣なんだから」

彩羽のことに真剣、という意味だけど、恋に真剣だと受け止められていないか口にしたとたん気になってしまう。前までは意識せずにしゃべれていたのに、いつからこうなってしまったのだろう。

なにか言わなくちゃ、と高林君の皿を指さした。

「もう四時なのに、そんなの食べて大丈夫なの？」

「平気。これはおやつだから」

とろりとシロップが垂れたパンケーキを器用に口に放り込む高林君が目を細めた。胸が立てる音が聞こえないように「そう」と答えてから、コーヒーカップを意味なく触った。

「なんか、今日は大人しいね」

鋭いことを聞いてくる高林君。どこまで本気かわからないのは、高林君にも私にも言えること。

「そうじゃなくって、あの……彩羽のことが気になって」

さっきから話をしているのはほとんど高林君で、私は聞いているだけ。

会う頻度が増えていくにつれ、どんどん彼のことが気になっている。途中下車できないバスに乗車している気分だ。スピードが上がったせいで、景色さえちゃんと見られない。

今日も会うまで何度も言い聞かせた。高林君には深い意味はない。そもそも恋という感情は、情に似ていて、一緒にいる時間が長いほど錯覚してしまうものだから。

それでも、と高林君をさりげなく見る。前は気にならなかった彼の髪、目、口元、声、どこを見てもいちいち体の温度が高くなってくる。

どうして高林君は私に親切にしてくれているのだろう。深い意味はないんだ、と自分に言い聞かせても、心の声が『でも』と希望を口にする。そんなくり返し。ふたりの未来を想像する一方で、自分だけ幸せになってはいけないとも思う。

「例の小説のことなんだけどさ――」

高林君がスマホを操るのを見て、ふと目が覚めた気分になった。今日はようやく公開された小説についての話し合いだった。

「前に確認した時さ、公開日はたしかに月半ばになっていたと思う。時間は午後七時。でも、予定通りには公開されなかった」

「一月十七日と一月二十七日を見間違えたんじゃない？」

「視力と記憶力には自信あるんだけどな。サイト担当者に確認したんだけど『これ以上はなにも教えられない』って言われた。なんか、怪しく思われてるみたいでさ」

ふにゃと笑う高林君はたまに少年のように見える。視線を自分のスマホに落とすと、彩羽の書いた作品が表示されている。

「どう思った？」

高林君の問いに「うん」とうなずく。

「やっぱり彩羽が書いた作品で間違いないと思う。あの日のケンカのことは私たちしか知らないことだし、読んでいて……苦しかった」

彩羽のことを思って言ったつもりだった。だけど、文字で読むといかに自分がひどいかがよくわかった。一度放たれた言葉は取り戻せない。子供でも知っていることなのに、私は、私は……。

「彩羽さんが亡くなったことを知ったのは、どれくらいあとのことなの？」

「最後に会ったのは就職した翌年の十二月で、亡くなったと噂で知ったのは去年の夏。高校時代の友達……知り合いに偶然会って、その時に言われた」

ギイ……。

椅子の背もたれにもたれた高林君が考え込むように眉をひそめている。

「それからどうしたの？」

「それから」口にすると悲しみがぶわっと蘇り私を責めてくる。でも、ちゃんと口にしないといけない。

「彩羽の新しい家を知りたくて、色んな知り合いに連絡した。彼女がバイトしていた店を教えてもらえたから、直接行って、事情を説明し住所を教えてもらったの」

それだって簡単にはいかなかった。怪しむ店長に高校時代の写真を持っていきなんとか教えてもらったのだ。

「で、豊さんに会って追い返された、と」

「……うん。でも、怒られて当然だと思う。親友だって言っておきながら、全然会ってなかったし、亡くなったことも知らなかったなんておかしいから。そもそも、写真だって高校時代のものばかりで、大学生以降はほとんどなかったし……」

私は彩羽の親友だと思っていたけれど、本当は違ったのかもしれない。こんなことになるくらいなら、もっと会いにいけばよかった。あの日、就職の話なんかしなければよかった。後悔は何年過ぎようと、これから先も私を責め続けるのだろう。

「俺はさ、まだ自分の案を捨ててないんだ」

ふいにそんなことを言う高林君に、後悔の森から抜け出し顔をあげる。

「案って？」

「前にも言ったけど、彩羽さんが生きているかもしれないってこと」

「ああ」たしかそんなことを言っていたっけ。

「私もそうあってほしい。でも、やっぱりありえないことだと思う。お葬式に出たって言う人もいたし……」

「嘘かもしれない」

高林君はやさしい人だ。こんな私を慰めようとしてくれている。

「家に遺影があったの、見たでしょう？」

それでも高林君は納得できないらしく首をかしげている。

「それでもおかしいよ」

「公開予約のことは見間違えたか、なんらかのミスで――」

「そうじゃなくって、これのこと」

身を乗り出すと高林君は自分のスマホを指さした。そこには第四話が表示されている。

「もしも彩羽さんが亡くなっているなら、この終わりかたはおかしいと思う」

「終わりかた？」

「事故に遭ったときの描写だよ。命が消える瞬間まで文字にしている」

第四話は彩羽が亡くなる回だから、最後の方は一度読んだだけだ。改めて最後の文章を読む私に、高林君が続けた。

「彩羽さんが亡くなっているなら、最後のシーンは誰が書いたの？　公開予約はあらかじめされていたとしても、自分が死ぬ場面を救急車のなかで書いたなんてありえないよ」

「たしかに……」

「事故そのものがダミーということは考えられない？　自分が死んだという小説を書き、どこか遠くへ行ったとか。今も生きて、違うペンネームで小説を書いているとか」

どんどん話が飛躍している。ミステリードラマじゃあるまいし。

ああ、高林君はやさしい人だ。私の傷を治そうとして、考えてくれている。

自分でも少し行き過ぎた推理だと思ったのだろう、高林君はあごに手を当て宙をにらんだ。

「もしくは、この小説はやっぱり違う誰かが書いているかだね」

「そうなるよね」

この冬はおかしなことばかり起きている。処理能力はとっくに限界で、特に二月になってからは慌ただしい。

「そういえば、第一編集部への異動はどうなったの？」

前に高林君に相談した時、彼は心の底からよろこんでくれた。

「明日、面談するって言われてる」

「あと一歩ってところだ」

にこやかに笑う高林君に、つい「なんで？」と尋ねていた。口にしてから質問したことに時間差で気づいた感じだった。ここまで言って止めるわけにはいかず、やわらかい声を意識して続ける。

「私のこと、恨んでいたはずなのにどうして？」

どうして私に協力してくれるの？　どうしてふたりきりで会うの？　どうしてうれしそうなの？

「前にも言ったけど、あれは失言みたいなものだから」

相手を許すことができても、夢を応援する気持ちになんてなれないはずだ。お腹のなかにあるわだかまりが大きく成長しているのがわかった。

「でも近い気持ちがあったんでしょう？　私はいつも誰かに恨まれている。そんな私が幸せになれるなんて、そんなのありえないんだよ」

会社でもプライベートでも悲しいことばかり起きる。誰も口にしなくとも、私に負の感情を抱いて生きている。彩羽もそうだったの？

「私のせいでみんなが不幸になっていく。だったら、私っていったいなんなの？」

こんなこと高林君に言ったところでなにも変わらない。どうしてもっと素直に生きられないのだろう。どうして私は私が嫌いなんだろう。

テーブルの上に投げ出した両手を、高林君が握った。とっさに引き戻そうとしても強い力でびくともしない。

「ありえるんだよ」

「え……？」

「幸せになってもいいんだよ。柚希さんは幸せにならなきゃダメなんだよ」

真剣な声色、まっすぐな視線。

「でも、私は彩羽を——」

「彩羽さんを傷つけたのは真実だとしても、彼女がこの小説を書いた意味を考えてみて。ここには君への気持ちがあふれている。それをなかったことにしないで」

彩羽が私を好きだったのは本当のことかもしれない。ううん、きっと本当のことだ。

小説を読む前からなんとなく感じてはいたのに、見ないフリをしてきた。見なければ空想、見てしまったら現実になる。そんなふうに思っていたのかもしれない。

「感情はいつも一定じゃない。好きだった人を嫌いになったり、その逆もまたしかり。一度感じた負の感情なら、それをプラスにできるよう努力してみようよ」

仕事も、親のことも自分が動けばなにかが変わるのだろうか？　彩羽の死を受け入れられるのだろうか？

「わからない、私……わからないよ」

涙があふれるのも構わず首を横に振った。テーブルに落ちる染みが照明にキラキラ輝いている。

「好きなんだ」

今、なんて言ったのだろう？　ぼんやりゆがんだ視界の先にいる高林君がやさしくほほ笑んでいる。

「ずっと君が好きだった。今ではもっと君が好きになっている」

手の力が抜けた。頭のなかが混乱し、まるで嵐が吹き荒れているみたい。けれどけして嫌な感覚じゃない。

「ぜんぶ整理できてからでいいから、いつか答えを聞かせてほしい」

離された手を少しだけさみしいと思った。


家での会話は日を追うごとに少なくなっている。

母は言い争った夜以降、私を避けるように家では忙しそうに動き回り、香菜は一度話し込んだのが嘘のように無視状態。父はテレビを見る時間よりも部屋にこもることが多くなった。

食器の音だけが響く夕食。やっと部屋から出てきた父が、遅れて席についた。香菜はとっくに食べ終わり、スマホで動画を見ている様子。

家族がバラバラに砕けていくのを見ている気分だ。といっても、元々各自が好きなことをしているスタイルだったたし、変化があったのは私のほうかもしれない。物事の捉え方の角度が変わってしまったのだろうか。

そういえば彩羽によく愚痴っていたっけ。

『うちの親、大学生になったばかりなのに結婚の話をしてくるんだよ。しつこいんだよね』

そう言う私に、彩羽はなんて答えていたっけ……？

彩羽に母親がいないのは本人から聞いて知っていた。病気で亡くなったと聞いていたけれど、あの小説に書いてあることが本当ならば、離婚して家を出ていき、新しい男性の家で亡くなったということになる。

彩羽はどんな気持ちだったのだろう？

今となってはわからないけれど、両親が揃っている私の愚痴に辟易していたかもしれない。あとになって気付く過ちを、あとどれくらいくり返せば聖人になれるのだろう。

彩羽が生きていた時にもっと会いに行けばよかった。距離のせいにしたり仕事のせいにしていた自分が情けなくて、その一方でまだ言い訳を浮かべている。

きっと死ぬまで、私は私を嫌いなままなのだろう。

暗くなりそうで、ぬるいお茶で最後のおかずを流し込み手を合わせた。

「ごちそうさまでした」

食器を流しに運ぶと、まだ食べかけの母があとを追ってきた。

「あのね、これ見てほしいの」

手に持つスマホの画面を見せられる。

久しぶりに話しかけられた気がした。画面に顔を近づけると、そこには見たことのない男性が映っていた。運転免許証の写真みたいに胸から上の写真。正面を向いた顔がぎこちない笑みを浮かべている。

質問する前に母は、

「佐々木正由さん」

と言った。短く、低く、硬い声で耳にざらりと届く。

「……誰？」

「この間言った佐々木さんの息子さん。もうこっちに戻ってきてるんだって」

ああ、と思い出す。転勤先からこっちに戻ってきたという男性だ。三十代とは聞いていたが写真の男性はどう見ても四十歳を過ぎているように見える。

「いつお会いする？　今日返事することになっているの」

「それって、お見合いするってこと？」

「そうよ」

当たり前のように言うと、母は壁にかかったカレンダーを見た。

「次の日曜日はどう？　ちょうど大安なのよね。ほら、こういうのも日が大事でしょう。あちらの都合は土日ならいつでも、ですって」

怒りよりも恐怖が先に生まれた。早口で話す母の声は緊張している。私が言い返せばまた怒りを爆発させるだろう。怒りは連鎖し、私も大きな声を出してしまうかもしれない。

息を吐き、母をじっと見つめる。

母は私にこの家の跡を継いでほしい。客観的に見れば、それが母の正義なのだろう。男の子を生むことができなかった母は、ずっとコンプレックスを抱えて生きて来た。それを解消するため、必死で私にこの男性を紹介しようとしている。きっと、佐々木正由という男性は婿入りが可能なのだ。

「お母さん」

口にすると同時に母は、前と同じように鋭い視線を向けて来た。

母にとって私は、最後の希望であると同時に敵なんだと思った。否定する言葉をこぼしたなら、ヒステリックに騒ぎ出すのは目に見えている。

父は食べ終わるとソファへ向かう。香菜は聞こえていないのかスマホに夢中。

なにも変わらない。私の気持ちを分かってくれる人なんてこの世にひとりもいない。

彩羽も同じ気持ちだったのだろうか？　孤独でさみしくて、すがりたいけれどすがる相手がいない。どれだけ悲しかったのだろう。

ツンと鼻が痛くなり、気づけば涙が込み上げてきていた。母の目が一瞬開き、すぐに苛立ちの表情になった。

「なんで泣いているのよ。私が悪い、って言いたいの？」

「ちが……」

「じゃあどうしてそんな顔をするのよ。いつも被害者みたいに――」

言いかけた母の肩に右手を置いたのは香菜だった。ハッとしたようにふり返った母に、香菜は「どいて」と言った。

「お姉ちゃんに用事があるの」

動揺を隠せない母を押しのけて、香菜は続けた。

「その人のことなら私も聞いとくから。それよりお姉ちゃん、頼んでた宿題のこと。さっさと手伝ってよ」

右手をグイと引かれ歩き出す。階段をあがり香菜の部屋の前に来る頃にはもう泣いていた。そんな私を見ることもなく、香菜はひとりだけ部屋に入りドアを閉めようとする手を途中で止めた。

隙間から顔を出した香菜が鼻から息を吐いた。

「この手は一回だけしか使えないから」

「うん、ありがとう」

「ほんと、家出しちゃったら？　私もついてくからさ」

言うだけ言ってドアは目の前で閉められた。

しばらく佇んでから部屋へ戻ると、そのままベッドに横になった。不思議と涙は止まっている。

さっき、母は『被害者みたいに』と言っていた。思わずこぼれた言葉のように思えた。視界の端で父がソファから慌てて立ち上がるのも見えた。

香菜が助けてくれなければ、父が止めに入るつもりだったのかもしれない。私が女性として生まれたことが悪なのだとしたら、生まれた時から罪を背負ってきたことになる。

着替えてからベッドにもぐる。お風呂は明日の朝入ればいい。

色んなことが頭でぐるぐる回っている。すべてが落ち着いたころ、私は高林君になんて返事をするのだろう。

きっと、返事はＮＯだ。家の事情も言ってないし、高林君に嫌われたくない。

ああ、彩羽。あなたもこんな気持ちを抱えて生きていたの？

私のことを好きだったのは本当のことなの？

「彩羽……」

あの日、あなたに就職を勧めた自分を今でも許せずにいる。行き詰まっている彩羽を助けたくて、なんて、言い訳なのはわかっている。

でも、もし時間を戻せるならもう一度彩羽に会いたい。会って、ただ抱きしめてあげたい。抱きしめられたい。

二度と叶わないことを知っているから、人は願い続けてしまう。すべてがうまくいく魔法があればいいのに。

瞬間、あの男性の顔が頭に浮かんだ。ベンチに現れる彼は、本当に私の空想の友達なのだろうか？

『もう少しで名前を思い出せるはず。そうすればぜんぶうまくいくはずだから』

たしか、そんなことを言っていたはず。名前を思い出し、呼びかければ解決するのだろうか？

「まさかね」

つぶやいて目を閉じる。記憶を辿るうちに、眠りが私を包み込んでいく。


高坂さんのデスクが珍しく散らかっている。何本ものペンが散らばり、付箋紙が数枚デスクに貼られている。文字はどれも几帳面な性格を表しているけれど、急ぎの仕事が溜まっているようだ。

「いいですね」

彼は、私が送った原稿データを見たままうなずいた。

「ありがとうございます。次はゴールデンウィーク合併号に向けて動きます」

「いいですね」

同じ言葉でくり返しながらも、高坂さんの心は違うところにあるようだった。理由はなんとなく想像がつく。もうひとつの部署である『たうんたうん』の編集者が産休に入るからだ。ただでさえ人の少ない編集部なので、高坂さんも取材に明け暮れているのは見ていてわかる。この原稿チェックも、帰社したところを捕まえたい編集者たちの順番を待ってのことだったから。

「やっと冬が終わるというのに、もうゴールデンウィークのことを考えなくちゃいけないんですね」

　自嘲気味に笑う高坂さんは、少しやせたみたい。髪も乱れていて、連日の過酷な勤務を表現しているようだ。

「今の季節を楽しめないまま走り続けています」

　答える私に高坂さんは何度かうなずいてから、

「校了で結構です」

　とほほ笑んだあと、私のいる編集デスクを見やった。

「武藤さんの様子はどうですか？」

「すっかり慣れた様子です。田中さんのおかげです」

　田中さんはどこかに電話をしていて、武藤さんはキーボードを叩いている。他のメンバーはまだ帰社していない。

「教育担当に任命したのが正解でしたね」

「はい」

　と答えてから、一礼する。席に戻ると、二件続けて電話連絡をし今日の仕事は終了。定時ピッタリに終わるのは気持ちがいい。

「あー疲れた」

　武藤さんが目をしばしばさせてから、

「たまにはみんなで飲みに行きません？」

顔を私に向けた。飲みに行くのは歓送迎会くらいしかないけれど、たまにはいいかもしれない。

「じゃあ武藤さんが幹事ね」

「えー、なんであたしなんですか？　そもそもあたしの歓迎会ってやってくれてないじゃないですか」

武藤さんのキャラにももう慣れた。むしろ、彼女の明るさがチームを盛り上げてくれている部分も大きい。

まだ不服そうにブツブツ文句を口にする武藤さんに「じゃあさ」と顔を寄せる。

「武藤さんの教育担当者さんに押し付けちゃおうか」

途端にニヤリと笑った武藤さんも声を潜める。

「いいですね。業務命令にしちゃいましょう」

それはパワハラ案件になる、と思いつつ「だね」と同意すると、

「聞こえてますけど」

田中さんが澄ました顔で答えた。ゲラゲラ笑う武藤さんに、田中さんの表情も柔らかい。

こんなふうに会社で笑える日が来るなんて思わなかったな……。ふり返ると、渋い顔で書類に目を通している高坂さんが見えた。どうしようか、と考えるより前に立ち上がっていた。

迷いながら高坂さんのデスクへ近づく。書類をレターケースにしまった高坂さんと目が

合った。

「あの、お話があります」

「はい」

熟考を重ねても口にできないことばかりだった。私がなにか言えば、誰かが迷惑を被ると思い込んでいた。

「第一編集部の件です」

「ああ」何の話か分かったのだろう、高坂さんがにこやかにほほ笑んだ。

「今ちょうど推薦書を書いているところです。今週中には提出しておきます」

「それ、破棄していただくことはできますか？」

思考が追い付かないのか、高坂さんは口を『え』の形にしたまま固まってしまう。

「このまま、この部署にいさせてください」

不思議と迷いはなかった。口にしたことで、自分の考えに間違いがなかったと確信さえしている気分。

「でも、小説の編集をするのが夢じゃなかったのですか？」

「ずっとそうでした。そうなりたいと思っていました。でも、まだこの仕事をちゃんとやり遂げていないと思うんです」

いやいや、と高坂さんは右手を顔の前で横に振った。

「どの部署でも同じですよ。達成感は一時的なもので、すぐに次の課題がにょきっと現れるものです。夢に向かえるチャンスがあるならつかむべきでしょう」

ああ、と心の底で安堵のため息をついた。嫌みを添えるのが得意な高坂さんに嫌われていると思っていた。心の底は冷たい人で、編集長として会社の体裁にこだわっている、と。

この人手不足のなか、部署異動を断る人がいたなら私なら承諾するだろう。でも、高坂さんはちゃんと私の将来について考えてくれている。

それが分かっただけで、長年のモヤモヤが一気に晴れた気がした。

「今も小説の編集をしたい気持ちはあります。タイミングを自分で計ることがおこがましいことも承知しています。でも、もっとこの部署でがんばりたいんです。せっかく推薦してくださったのに申し訳ありませんが、お願いします」

頭を下げると、久しぶりに自分のつま先が目に入った。

――もう、うつむかない。前を向いて歩いていけるはず。

背筋を伸ばし、まっすぐ高坂さんの目を見つめた。

「わかりました。せっかくいい文章を思いついたところだったのですがね」

呆れたように笑う高坂さんは、やさしい人だ。

デスクに戻るとちょうど他のメンバーも戻ってきたところだった。挨拶をして職場をあとにする。二階にある部署なのでエレベーターは使わない。階段をおりていると、

「下居さん」

上から声がした。田中さんがカバンを手に階段をひとつ飛ばしでおりて来た。

「さっき、編集長に言っていること聞こえちゃったんですけど、残ってくれるんですか？」

「ええ、そのつもり」

私を抜かし、一階の扉を開けてくれた田中さんが右手で小さくガッツポーズをした。

「よかった！　下居さんがいなくなったらどうなることかと心配してたんです」

「ええ、そうなの？　でも、これからはもっとスピードや売上にこだわるつもりだけど大丈夫？」

冗談めかしつつロビーに出る。昨日と今日ではまるで景色が違う。勇気を出して言葉にしてみてよかった、と思った。

もちろん逆に『言わなきゃよかった』も同じ数であるだろうけれど、言って後悔するほうがベターだと分かった。

終業時間でたくさんの人がビルから吐き出されていく。その波に押されながらも、久しぶりに心が晴れているのがわかる。いつ以来だろう、こんな気持ち。

「下居さん、今度飲みに行きませんか？」

田中さんの声に我に返る。

「さっきその話してたじゃない。みんなの都合聞いてみないとね」

「そうじゃなくて、ふたりで……とか？」

声を小さくし、上目遣いになる田中さんに目を丸くしてしまう。これって誘われているの？

「ふたりでは、ないかな。ううん、ない」

きっちり断る私に田中さんは「だと思った」と笑う。

「下居さん、ガード堅そうだし」

「真面目なのが取り柄なの」

答えた時に、冬の風がふわっと髪を揺らした。同時に、声が聞こえた。

――柚希は真面目だもんね。

この声は、空想の友達の声だ。頭のなかで再生される声のあとを追う。顔を思い出せないのは、彼がやはり空想上の人物だから？　それとも単に忘れてしまっているの？

――あなたの名前はなんて言うの？

「冬……冬樹《ふゆき》」

頭で考えるよりも先に言葉になっていた。ずっと捜していた名前が突然現れた感じだった。そうだ、冬樹だ……。

「下居さん？」

足を止め私を振り返った田中さんがいぶかしげに尋ねても、私は動けなかった。行かなくちゃ……。

「ごめん、田中さん。私、ちょっと先に行くね」

「え？　あ、はい」

少し傷ついた顔になる田中さんに「違うの」と首を横に振った。

「大切なことを思い出して、あの……」

すっと脇にずれ、道を開けてくれた田中さんに頭を下げ走り出す。冬の最後の抵抗みたいに強い風が体にぶつかり流れていく。

冬樹。小さいころから内気だった私の、たったひとりの友達。ああ、どうして今まで忘れていたのだろう。

名前を思い出したとたん、冬樹との会話が洪水のように脳裏で再現されている。

『柚希、ほら行かなくちゃ』『柚希は難しく考えすぎ』『泣いちゃダメ』

顔は……やっぱり思い出せない。頭のなかで作った友達が実際に現れた。それってどういうことなのだろう？

駅前のベンチは早い時間のせいか、カップルが座っていた。にこやかになにか話をしていてどきそうにない。

焦る気持ちで周りを見渡してから気づく。

「そっか……」

よく考えたらあの男性に会えたのはここだけじゃない。コンビニの帰りに会ったこともある。

息切れする胸を押さえてから駅の構内へ足を進める。帰る途中のどこかで彼には会えるだろう。予感と言うよりも確信に近かった。

バスを降りて歩き出せば、空には半分に割れた月が浮かんでいた。

夜なのに長い影が私のうしろをついてくる。きっと、もうすぐ彼に会えるはず。

コートのなかでスマホが震えた。見ると、高林君からメッセージが届いている。

『月がすごく明るい』とだけ書かれてあった。

ヤバいな、と思った。恋は同じ時間を共有すれば深くなっていくもの。けれど、離れていてもどんどん好きになっていくのを感じている。

同じ月を見ている、それだけで胸が痛くなるほどに。

『綺麗だね』

そっけなく返す四つの文字に、たくさんの想いが詰まっている。気付かないでほしい、気付いてほしい。不安定に揺れる心で歩けば、街灯の明かりも心細く思えた。

冬の終わりに訪れた恋は、この先どうなるか分からない。だけど、色んな事で悩んだり悲しんだりしたことも、彼に出会うためだったのならよかったと思える。

恋ってなんでも肯定してしまうから、少し怖いものなのかも。

頬に手を当て、もう一度月を眺めた。

彩羽、私は恋をしてもいいの？　あなたは許してくれるの？

彩羽の死を知ってから、死んだような日々を過ごしてきた。私のせいで事故に遭ったのは事実だし、それを知らなかったのも事実。夢も希望もない世界も、目をこらせば小さな輝きがあるんだね。

前方に誰か立っている。長い影の向こうに立っている黒い影。あれが彩羽ならどんなにいいだろう。

近づくにつれ、その人影があの男性であることが分かった。私を見つめる彼は今日も赤いパーカーで寒そうに身を縮めている。

「柚希、僕の名前を思い出せたの？」

「うん。やっと思い出せたよ」

てっきりよろこんでくれると思っていたのに、なぜか彼は「そう」とさみしげに目を伏せた。

「うれしいな」

ちっともうれしくなさそうに言う。

「あなたは私の空想の友達だと思っていた。でも、ここにいる。本当の友達だったの？」

「人は自分の都合のいいように記憶を変えてしまう。ひょっとしたら透明人間かもしれないよ」

すねた口調で言うと、彼は大きく深呼吸をした。

「じゃあ、僕の名前を呼んでみて」

一度うなずいて、すう、と冬の空気を口に含んだ。

「あなたの名前は――冬樹」

なぜだろう、名前で呼んだとたんに涙がぶわっとあふれた。懐かしさと切なさが一気に込み上げてくる。彼は、白い歯を見せて笑う。

「正解。やっと思い出してくれたんだね」

「冬樹は、いつからの友達なの？　空想の友達じゃなかったの？」

目じりの涙を拭い尋ねると、彼は口のなかで小さく笑った。

「それもちょっとの努力ですぐに思い出せる。僕を思い出し、そして忘れることが柚希にとって必要なことだから」

スマホが着信を知らせ震え出した。画面に高林君の名前が表示されている。さっきメッセージをくれたばかりなのにどうしたのだろう？

「あ……」

スマホから前に視線を戻すと、冬樹の姿はもうなかった。いつも突然現れ、すぐに姿を消してしまう。

「もしもし？」

あたりを見渡しながら電話に出ると、

『柚希！』

興奮した声で高林君が叫んだ。

呼び捨てで呼ばれ、驚く私に構わず、

『大変なんだ』

切羽詰まった声で高林君は言った。

『小説投稿サイトを見てほしい。彩羽さんが第五話を公開しているんだよ』

「五話？　え、まさか……」

彩羽は事故で亡くなった。四話での事故のシーンが最後になるはず。いったいどういうことなのだろう。

フリーズする私に、高林君が今いる場所を尋ねたので答えたような気がする。『すぐに行く』と言われた気もする。

気がつくと私は電柱にもたれるようにして立っていた。あんなに輝いていた月も雲に隠れてしまっている。

スマホで小説投稿サイトを開くと、

「ああ……」

高林君の言ったとおり、彩羽の第五話が公開されていた。

『私のともだち』

My Friend

著：植野いろは

第五話「さよならは言わない」

夢のなかであたしは高校一年生だった。自己紹介の順番が回ってきて、あたしは教壇に立つ。

ああ、これは夢なんだ、とすぐにわかった。クラスメイトの顔がぼやけてはっきりと見えないし、海のなかにいるみたいに教室がゆらゆら揺れている。

なつかしさが液体のように胸に染みるけれど、あたしの表情は笑みを作ってくれない。

「はじめ……まして」

声も弱々しく震えている。昔はあれほど愛想よく自己紹介ができたのに、やりかたが思い出せない。ただ、インクの染みが広がるように恐怖が大きくなっていく。

――そうだよね。年を重ねるごとに人間関係を断ち、孤独になっていたから。

あの頃に戻れたとしたら、あたしは違う道を選ぶのかな？

ううん、きっと同じこと。それくらい本気で小説家になりたいんだ。夢を追うためには必要な孤独だと信じている。

端の席にうつむいて座っている髪のきれいな女の子が見える。彼女の名は柚希。私のたったひとりの大切な友達。柚希の顔だけは、はっきり見えている。

柚希に出会ってから、あたしはあたしらしくいることができた。自分勝手でわがままで、創作ばかりしているあたしなんて、普通に考えれば世間のはみ出し者。叶う保証のない夢を柚希は応援してくれた。

これからもずっと柚希はそばにいてくれると思っていた。思ってたのにな――。

夢から醒めれば現実に戻るのだろう。もう連絡先もすべて消した。新しい家も教えてないから、二度と会うこともない。

あたしが柚希に恋をしたせいだ。友達という隠れ蓑の隙間からずっと柚希だけを見てきた。募る想いに困惑し、会いたくても会えなくて、それでも好きだった。

ねえ、柚希。あたしはこれからどうすればいいの？


目を開くと視界がオレンジ色に満たされていた。

不安とわずかな安堵が空気とともに肺に入る。呼吸をしていることに気づくと同時に、オレンジの向こうに蛍光灯の無機質な白い天井が見えた。大きな窓の向こうには真っ赤な夕焼けが燃えている。

そうだ、交通事故に遭い入院しているんだった……。時間の感覚がないせいか頭がぼんやりしているみたい。軽自動車のスピードが出ていなかったせいか、無意識にとった受け身がよかったのかはわからないけれど、外傷だけで骨折などはみられなかった。

入院三日目にして、ようやく体の痛みは取れてきているし、腕や足にできた内出血の痕も黄色く変わってきている。

「持ってきたぞ」

ドアが開き、兄が顔を見せた。父は結局一度も顔を見せていない。兄は肩にかけていたバッグをおろし、戦利品を漁るように中身を取り出していく。パソコンにメモ帳、筆記用具やタオル類。

「あんな事故に遭ったばかりなのに、よく小説なんて書く元気があるな」

不思議そうに尋ねる兄に「うん」とうなずく。

「貴重な経験を忘れないようにメモを取りたいから」

「警察の人はもう帰った？」

「相手側の不注意だって。でも、あたしの傷より向こうの車のほうが損害がひどかったみたい。勢いで電柱にぶつかったせいでぐしゃぐしゃになってるって。怪我もしてる、って言ってた」

「そりゃお気の毒だとは思うけど、まずは自分の心配をしてろ」

プリンを床頭台に置き、丸椅子に座った兄をまじまじと見る。なんか大人になるほど普通に話せるようになった気がする。学生時代は、顔を合わせてもお互いに透明人間として対応していたのにな。

「なんかありがとう」

「まあ俺もさ、たまには外に出ないとなー、なんて。検査の結果は？」

「ああ、うん。それがね……」

言葉を濁したのは理由がある。事故による損傷は打撲と内出血くらいだったが、その後、内臓に異変が見られるということで今日はずっと再検査を受けていた。最後に看護師に言われた言葉が頭にこびりついて離れない。

「先生から検査結果の報告があるから、お父さんを呼んでほしい、って……」

眉をひそめた兄は、「そっか」となんでもないように言った。

「ま、たいしたことじゃないだろ」

「だね」

ベッドに横になると、足が胸がお尻が少し痛い。生きていることを教えてくれているんだと思った。

「柚希ちゃんは？　事故のこと伝えたんだろ？」

そういえばこの数年は、柚希のことばっかしゃべってたっけ。事故の直前のケンカを思い出し、胸がずんと重くなった。

「忙しいみたい」

軽い口調を意識するけれど、兄は眉をひそめてなにか言いたげな顔をしている。

「それに事故の時にケータイ壊れちゃったし。ね、プリンちょうだい」

両手を広げて催促すると、兄はおかしそうに笑った。

検査結果を聞いたら柚希に電話してみよう。病院のどこかに公衆電話くらいあるだろうし。事故に遭ったせいで柚希のことも許せるような気がしている。

そうだよ、長年の友達をたったひとつの失言で絶ち切ることなんてできない。たぶん、恋から逃げたいあたしが過剰反応してしまったんだろうな……。

恋は、不安定なシーソーに乗っているみたい。ゆらゆらと気持ちは行ったり来たり。一緒に乗っているつもりが、いつの間にかひとりぼっちだった。そんな感じ。

「明日、柚希に電話してみるよ」

そう言うと兄は「そう」とあっさりと答え、プリンを食べだした。

早く、柚希に会いたいと思った。


なにも言わなくても伝わることってある。

事故に遭って以来一度も顔を見せなかった父は、いまや毎晩のように仕事のあと顔を出すようになった。丸椅子に座り、あたしが働いていたころの同期の話など、数少ない共通点を見つけてはボソボソと話をしてくれた。

これまでろくに話もしてこなかったから、話しながら父も戸惑っているみたい。知らない人から昔話を聞かされている気分だ。

兄は毎日やって来る。ふたりはまるでシフト制で勤務しているみたいに違う時間にやって来た。やり忘れた家族ごっこをしているみたいな気分だ。

検査は続く。理由をつけて、エコー検査や血液検査がくり返された。気づくと年は明け、七日の午後に退院することができた。兄は車の免許を持っていないので父が仕事を抜け、家まで送ってくれた。

年末年始を病院で過ごすなんて初めての経験だった。その間、父も兄も、看護師もなにも説明してくれなかったけれど、あたしには自分の状況がよくわかっていた。

無言の説明を聞いた気分というか、単刀直入にズバリ言われるよりは心の整理ができていた。

家に着くと、仕事に行くという父を引き留め、兄を呼んでもらった。ふたりとソファに向かい合って座る。

あたしが聞くことはひとつ。

「あとどれくらい、あたしは生きられるの？」

それだけだった。


今日も一日中、部屋で小説を書いていた。

朝も昼も夜も、閉めきったカーテンの部屋で作品づくりに集中した。あたしは幸せだった。

事故に遭ったおかげで自分の病気を知ることができたのだから。そして、残された時間でやるべきことは、小説を完結させることだと思った。

柚希と出会ってからの日々をこうして小説のように書いているけれど、これは自叙伝みたいなものだ。この世になにも残せなかったちっぽけなあたしの歴史。物語はもうすぐ終わりを迎える。

誰もはっきり教えてはくれないけれど、膵臓に深刻な問題があるようだ。治療をしたとしても治る可能性に期待するには時期が遅いのも理解した。

治療を拒否した今、死は足早にあたしを迎えに来るだろう。幸い、先生から緊急用にもらった痛み止めはまだ使わずに取ってある。

スマホは事故で壊れてしまったので、修理せずに解約してもらった。

小説だけに集中できる毎日のなか、日常は遠くに去りゆき、これまででいちばん自分らしくいられていると思う。

柚希は今ごろどうしているのだろう。結局電話もしてないし事故のことも伝えていないから、未だにあたしが怒っていると思ってるのかな。

それでいい。柚希には誰もなにも教えないでほしい。あたしは世間から忘れられた人だから、死んだとしても噂にもならないだろう。

兄には『柚希に連絡した』と嘘をついている。『なんで会いに来ないんだ』って怒っていたけれど、こんな姿を見られたくなかった。

高校の卒業アルバムを開くと、クラスの写真のなかにあの日の柚希がいる。あの頃はいつもいつも楽しかったね。ふたりきりの世界にいられた時間は宝石のようにキラキラ輝いている。

今ならわかるよ。柚希はあたしを心配してくれているからこそ、『就職』のことを言ったんだって。あたしが怒ることも予想していたはず。

「でもね、柚希」

つぶやく声と同時に、お腹のあたりに痛みが生まれた。

あたしは、本当に小説家になりたかったんだ。バカな夢だと思われたって構わない。頭のなかで紡がれる物語を文字に託し、いつかたくさんの人に読んでもらいたかった。

大人になっても変わらない思いがある。それは、小説家になることと、いつか柚希に本当の気持ちを伝えること。

叶わない夢だと知ってもなお、心は求め続けているんだ。

第六章

長い季節の先で

今年は異常気象らしく、来週からは三月というのに寒さが続いている。深い冬のせいか、いつもの居酒屋は空《す》いていて渦のような笑い声や話し声もなく誰もが小声で語っている。まるで冬に隠れてヒソヒソ話をしているようだ。

私と高林君も同じで、たわいのない話をポツリポツリと思い出したようにしながら、肝心な話題に移ることができずにいる。

湯気の消えた熱燗を口に含んだ高林君が眉をひそめ、あきらめた顔でお猪口をテーブルに置いた。その指先をぼんやりと見る。切り揃えられた爪のカーブをじっと見つめ、そして背筋を伸ばす。私から切り出すしかないだろう。

「小説、読んだよ」

「俺も、見た」

歯切れ悪く言う口をごまかすように、高林君はため息をついた。

「彩羽さんが事故で亡くなってないことが分かって、最初はよろこんだ。柚希さんのせいじゃなかったんだ、って」

「うん」

私も同じだ。柚希が事故のあとも生きていて、第五話を執筆してくれたことがうれしかった。でも……。

「俺、前に言ったろ？　彩羽さんは実は生きているんじゃないか、って。その予想すら当たっているような気がした。だけど、まさか病気が見つかるなんて……悔しいよ」

あの小説に書いてあることが事実なら、彩羽は自分の意思で治療を拒否したことになる。

そして、私に連絡しないこともまた、彼女の意思。

「私は彩羽の親友なのに、事故のことも病気のことも知らずにいた。会いに行けるチャンスはあったのに……」


涙声になるのをこらえ、唇をかむ。小説のなかで彩羽は何度も私に声をかけてくれている。気にしつつも日々の忙しさに私は耳を傾けようともしなかった。

だから、読後はこれまでよりも一層罪悪感に苦しんでいる。

亡くなったことを知り、会いに行ったときの豊さんが怒っていた理由もやっとわかった。

「薄い可能性だけど、すべてがフィクションって可能性は残っている」

それはないだろう。でも、すがりたい気持ちでうなずく。

「あの小説は……まだ続くのかな？」

もっと読んでいたい。彩羽が生きた最後の瞬間まで見ていたい。けれど、高林君は残念そうに首を横に振った。

「投稿サイトの担当者もさすがに事態を重く見てくれたらしく、電話をくれた。でも、公開予約はされていないらしい」

「そうなんだ……。あの、ひとつ疑問なんだけど、公開予約のメールって設定したらすぐに届くものなの？」

「どうして？」

はちみつ色の髪を右手で直した高林君に、「ううん」とうつむく。

「豊さんが見せてくれたメールには四話までの公開予約確認のメールが来てただけだから」

「ああ、どうなんだろう？　公開される少し前に届くのかもしれないね。また調べてみるよ」

安心させるように笑みを浮かべる高林君からテーブルに視線を落とす。ここまで調べられたのは、高林君のおかげだ。彼は、思ったことを口にして、私を惑わせ導いていく。そんなふうに生きてみたいけれど、私には無理なこと。

せめて言わなくちゃいけないことだけでも言葉にできたなら……。

「あのね、高林君……。聞きたいことと聞いてほしいことがあるの」

背筋を伸ばす私に、高林君もつられて座り直した。

「うん。なんでも答えるし聞くよ」

「この間、告白してくれたよね？　あれって本当のこと？」

「もちろん」一秒も待たずにきっぱりと言ったあと、高林君は鼻の頭をかいた。

「ていうか、同じ会社にいた頃からずっと好きだった。柚希さんが大変な時に言って悪かったけど、こんな時だからこそ伝えたかった。でも、困らせたなら、ごめん」

昔、変わった小説を読んだことがある。運命の出会いをした男性が、どんどん恋に落ちていく。幸せの絶頂の時に彼女が長い復讐をしていたことを知る、という物語だった。高林君からの告白を聞いた時も、一瞬思い出したけれど、彼が真剣なのはわかるし、嘘でもいいと思えるほど恋に落ちているのも事実。

「私も、高林君が好き」

「えっ！」大声で反応する高林君に「でも」と続けた。

「今からする話を聞いてほしいの。それから、考えてほしい」

「話って……」

よろこびの表情から一転、不安げな顔になる高林君を見て、うらやましいと思った。素直に思いを表情や態度に表せたなら、私も変わることができたのかな。

「私の人生って、いつも誰かに恨まれている。彩羽とも親友だったのに音信不通になって、きっと最後の瞬間は恨んでいたと思う。彩羽のお兄さんにも、友達にも、仕事場の人にも家族にも、私の存在はマイナスなの」

泣くかな、という心配は杞憂だったみたい。客観的に自分について話せている。

高林君が大きくまばたきをして口を閉じた。すべてを話して嫌われるのは怖いけれど、もうごまかしたりしたくない。私という人間について知ってもらいたかったから。

「あまり友達もいなくって、でも小さい頃にひとりだけいてくれた。男の子で、姿は見えないけれど困った時は助けてくれた。空想の友達で、名前は冬樹」

「冬樹……」

「そう、冬樹。でもこの冬、突然私の前に現れたの。空想だと思ってたから結びつかなかったけれど、実際にそうだった」

冬樹には名前を呼んで以来会えていない。今でもたまに夢だったのかと思うけれど、一度開いた記憶の扉からは次々に冬樹と交わした会話が思い出されている。

困ったような顔になった高林君が、

「その冬樹って子が好きってこと？」

と尋ねたので「ああ」と少し笑う。

「そういうんじゃないよ。ただ、こんなおかしなことを言う人間だってことを知ってもらいたかっただけ」

胸に大きな手を当てた高林君が白い歯を見せて笑った。

「なんだびっくりした。告白の返事をもらえたとたんフラれるのかと思った」

「高林君と冬樹に再会してから、色んなことが変わった。状況が、じゃなくて考え方のこと。前向きになれたりなれなかったりだけど」

「うん」

続きを促すようにまっすぐに見つめる瞳に、私は言う。

「でも、家族のことはどうしようもないの。家族仲がよくなくって……。うちは名家じゃないんだけど、姉妹しかいないから跡取りを探さなくちゃいけなくって。母とはそのことでケンカばっかり。見合いの話まで持ってきてるの。だから……」

だから、何？　だから付き合えません。だから婿に入ってください。頭に浮かべるどのフレーズもしっくりこない。

「ほかにもなにかあるの？」

「あ、ううん」

いつの間にかテーブルに落ちていた視線を無理してあげると、意外にも高林君は笑っていた。

「え？」

きょとんとする私に、高林君はひとつうなずく。

「じゃあ今度は俺の話ね」

「あ、はい」

「遠い昔の話です。俺は柚希さんに恋をしました。本気になったのは会社を辞めてからでした」

昔話のように語りだす高林君の表情は穏やかだった。

「ある日、俺は柚希さんの同僚に恋の悩みを相談しました。名前を心春と言います」

「心春に？」

質問はNGらしく、高林君は「それで」と続けた。

「心春ちゃんからは何度も『本気か？』という審査を受けました。まるで王妃の守衛かのように、心春ちゃんは俺の気持ちを確認してから教えてくれました。柚希には小説の編集者になる夢がある。それを応援できるのか？　答えはイエス」

人差し指を立ててから高林君はニッと笑った。

「心春ちゃんの審査は続きます。ちなみに毎回酒をおごらされました」

心春らしい、と少し笑えた。

「彼女は言いました。柚希の家は複雑で、跡取りを探さなくちゃいけない、と。俺に婿に入る覚悟はあるのか、と怖い顔で尋ねました」

「え!?」

たしかに心春には入社してすぐ言ったことがあるけれど、それ以来触れていない話題のはずなのに。

「俺の家族は兄がふたり。だから問題なし。親にも報告済み、ってことでクリア」

二本目の指を立てた高林君に私は啞然とした。

「え……」

「さっきから『え』しか言ってないよ。しかし、仕事を辞めた俺には君との接点はどんどん減っていった。心春ちゃんが飲みに誘っても、君は断るばかりだった。だから、あの日、偶然を装って再会したんだよ」

「あの日……それって、名刺の?」

三本目の指がゆっくり立った。答えは『ＹＥＳ』ってことだ。今度は頭をかいてから、高林君は苦笑する。

「心春ちゃんはそのうち結婚すると言うから、俺にとっては最後の賭けだった。今思えば完璧にストーカーって感じだよね。結局、君からの連絡はなかったけど」

「あ……ごめんなさい」

ゆるゆると頭を横に振ってから、高林君は手をおろした。

「でも、こうして君に会えている。想いを伝えられている。まだ柚希さんのすべては知らないけれど、これからもっと知りたいと思っているよ」

顔が熱くてたまらない。なんて答えていいのかわからない私に、高林君はふっと息を吐いてから宙に目をやった。

「すべての出来事は、あなたにとって意味がある」

ナレーションみたいに低い声でつぶやいた高林君が肩をすくめた。

「俺、この言葉が昔から苦手なんだよね。悪いことが起きた時、この言葉を唱えれば納得したかのように錯覚してしまう。でも、本当にそうかな、って疑問を覚える。悲劇や不条理なことをごまかしているだけって思わない？」

話の流れが急カーブを描いているが、高林君の言っていることは理解できた。それは、自分自身に言い聞かせている魔法の言葉でもあったから。

「俺はさ、人生のなかで意味がない出来事だって起きると思う。でも、意味がない出来事を傍観するんじゃなく、意味を持たせればいいと思う。誰かに意味を持たされるくらいなら、自分で見つけたい。受け身ばかり取るのは止めたんだ」

そう言うと、高林君はバッグを手に立ち上がった。照明に重なり、高林君の表情が見えない。

「今日は酔っぱらったみたいだから帰るよ。返事は急がないから」

「あ、でも――」

「しらふの時に会いたい。そして、答えを聞かせてほしい」

伝票を手に去っていく背中を見送った。頭のなかには高林君の言葉がぐるぐる円を描きまわっている。

――意味がない出来事に意味を持たせる。

具体的にどうすればいいのかはわからないけれど、お腹のなかに温度が灯るのを感じている。勇気を出し、思ったことを話せた。こんなこと生まれて初めてのことかもしれない。長い時間をかけ必死で体に付けた鎧が剝がれていくような気がした。弱くてもろい鎧は、簡単に落ちて砕けていく。

だとしたら、私はなにから身を守っていたのだろう?

風呂上がりの母は、クリームを塗りたくった顔をこわばらせている。久しぶりに近くで見ると、ほうれい線や目じりのシワが増えているように見えた。

『大事な話がある』と言ったとたん、固まってしまった母。数秒のち、フリーズから解放された母は仏頂面に変わる。

「帰ってきたと思ったらいきなりなんなのよ。まさか、仕事を辞めるって話じゃないでしょうね」

冷蔵庫からコラーゲンドリンクを取り出してぼやくと、母はテーブルについた。不思議と、いつもの嫌みも気にならなかった。キャップを外しドリンクを一気に飲むと、母は二階をにらむように見た。

「お父さんも香菜も、『おやすみ』も言わないのよ。洗い物すらそのままだし、ほんとイヤになっちゃう」

まだ九時前なのに、父と香菜は部屋に戻っているみたい。スーツのまま正面の席に座ると、母は聞こえるようにため息をついた。

「で、話ってなに？　佐々木さんのお見合いの話なら流れたから。正由くん、彼女がいたんですって。奥さんも知らなかったみたいなの。まったく、嫌になっちゃうわよ」

ああ、なるほど。不機嫌の理由はそれだったのか。昔からその時の機嫌を顔に貼り付けていたから、ひと目でわかる。

でも今夜、私が聞きたいのはそんなことじゃない。

「お母さんにずっと聞きたかったことがあるの。怒らないで聞いてくれる？」

「なんで質問されて怒らなくちゃいけないのよ」

すでに不機嫌さ全開なことを、母は気づいていないのだろう。静かに鼻で深呼吸をしてからまっすぐに母を見つめる。

　これから私が尋ねることで、ひょっとしたら母との関係はより悪化するかもしれない。それでも、きちんと話をしたい。この冬に起きた不思議な出来事に意味があるのなら……ううん、意味を持たせられるなら。

　高林君が行動に移したように、私も受け身ばかりの人生を変えてみたかった。

「お母さんは、どうして私のことが嫌いなの？」

「…え？　なにを――」

　まだ私の話を聞いてほしい。かぶせるように口を開いた。

「子供の頃から、なんとなく感じていた。嫌われてないとしても好かれてはいない、って。もし、私がひどいことをしてしまったならごめんなさい。覚えてないのもごめんなさい。ちゃんとした理由が知りたいの」

　あからさまに狼狽の色を浮かべた母が、意味もなくドリンクのキャップを回しながら言葉を探している。

「お母さん、前に言ったよね。『誰のせいでこんなことになってると思ってるのよ』って。私が『被害者ぶって』、みたいなことも言ってた。そう言わせたのは私。だとしたら、理由があるはずだよね」

「やめて。なんにもないわよ」

　笑顔の仮面を貼り付けた母は滑稽なほど動揺している。これまで言いたいことが言えずにいた。ただでさえ不安定なバランスで成り立っている関係が、言葉にすれば崩れてしまうと恐れていた。

「話はそれだけ？　ただの勘違いよ」

話を切り上げる口調で立ち上がる母をこのまま行かせてはいけない。

「お母さんのことが好きなの」

「……」

「いちばん好きな人から嫌われているかも、って思いたくなかった。そんなこと信じたくなかった」

泣いちゃダメだ。言い聞かせても、とっくに視界は歪んでいる。長年溜まっていた感情を言葉にすれば、たくさんの出来事が蘇ってくる。

ずっと顔色を気にしていた。母に嫌われたくなくて無理するほどに、距離が離れていくのを感じていた。

そんな自分を変えられるとするならば、今、この瞬間なんだ。

「ぜんぶ、話をしてほしい。悪いところは直すから、ちゃんと話し合いたい」

「そんなのないわよ」

低い声で答えた母は、キッチンのゴミ箱にドリンクの容器を捨てた。大きな音が響く。

「じゃあどうして私を避けるの？」

「避けてなんてないわよ。私はただ下居家の跡取りが心配だっただけ。たしかに押し付けてたところはあるかもしれない。これからは気にしなくてもいいからね」

なんでもないような口調で言う母に、思わず「嘘」と言っていた。

「子供の頃からそうだった。愛されてない、って思ってた。実際、愛されていなかった」

「違う……」

「私の勘違いだと思ってきた。でも、やっぱりそれも違う。私はお母さんに恨まれている、憎まれている、嫌われている」

「やめて」

「お母さんは私を——」

「やめてよ！」

大きな声で怒鳴ったあと、母はハッとした顔で口を押さえる。

「もうやめて……。お母さんが婿のことで厳しく言ったのは謝るから、お願いだからもうやめて」

うなだれる母を見て、真実に近づいていると確信した。やっぱり、私は愛されていなかったの？

涙があふれ頬を伝った。

「お母さん……」

母は、立ったまま声を拒否するように両手で顔を覆うと深い息を吐いた。

「柚希、ぜんぶあなたの妄想よ。なにかひとつのことをずっと考えるクセが昔からあったし、今だってそう」

「妄想……」

「そうよ。とにかくこの話はおしまい。お母さんも厳しすぎたところがあったかもしれない。……これからは気を付けるから」

無理やりの笑顔を見せられても、このまま終わらせてはいけない。かと言って、これ以上の追及は拒絶につながるのは目に見えている。

「お母さんに今度紹介したい人がいるの」

「……え？」

話題を変えると母は目を丸くした。

「まだ返事はしていないんだけど、昔、一緒の職場だった人。交際を申し込まれてて……」

母が恐る恐るというふうに中腰で椅子に近づき、ゆっくりと腰をおろした。

「その人って……」

「高林さんという方。もし結婚したら婿に入ってくれるんだって」

「え、すごいじゃない」

母の顔が明るくなるのを見た。しばらくはこの話題でつなげよう。

「と言っても、まだお付き合いしてないけど」

「どうして返事をしないの？　そんな人がいるなんて知らなかったわ」

不思議そうに尋ねる母に、軽くうなずく。

「告白されたのは少し前なんだけど、私のことを知ってもらってから返事がしたかったの。で、さっきぜんぶ話した」

「ぜんぶって？　跡取り問題のほかにも？」

「そう。私自身のことをすべて話したの。家のことから職場のこと、あとは子供時代の空想の話まで」

「空想……」

また、母の顔色が曇った。

「空想っていうのは、小学生くらいまでの話。小さい頃、空想の友達がいて――」

言葉を区切ったのは、母が息を呑む音がしたから。驚愕したように目を見開く母は、笑顔の仮面をつけることも忘れ固まっている。

「……お母さん、どうしたの？」

「空想、の、友達、って……」

カタコトの日本語を話すように、単語で区切る母に違和感を覚えた。予想もしない展開に、「あの」となんとか言葉を絞り出す。

「昔から、困ったことがあったら空想の友達に話しかけてた。不思議な話だけど、その子はいつもやさしく答えてくれていたの」

「ああ……。たしかに、幼稚園の頃、そんなこと言ってたっけ？　頭のなかに友達がいる、とかなんとか。その子がどうかしたの？」

迷いが生まれるのがわかる。あったことを正直に伝えたなら、母が私の精神を疑うのは目に見えている。でも、受け身じゃない私になるには、ごまかすのは違うと思った。

「小学生になったくらいから、だんだんとその子の声は聞こえなくなっていった」

「ええ、そう言ってたから安心してたの。まさか、また聞こえるようになったってこと？」

「違うよ」と、否定を口にしてから覚悟を決める。

「話しかけても返事はもらえないままだった。信じてもらえないかもしれないけど、この冬、その子が私の前に現れたの」

「……まさか。別の人じゃないの？」

「わからない。でも、その子に言われて色んなことを思い出した。そして、やっとその子の名前を思い出したの」

母の視線があちこちに飛んでいる。さっきよりも動揺しているのは明らかだった。青い顔の母に、私はその名前を言う。

「私の空想の友達の名前は、冬樹」

冷蔵庫のモーター音と換気扇の音が遠くで聞こえる。母は、また時間を止めて微動だにしない。

次の瞬間、時間が動き出した。母の瞳からボロボロと涙がこぼれ落ちたかと思うと、

「ああ……あああああ」

体を小さくして嗚咽を漏らしたのだ。突然の変化に思わず立ち上がる。

「え、冬樹を知っているの……？」

身を乗り出し尋ねる私に、母は子供のように泣いている。わけがわからない。一体なにがどうなっているの？

首に巻いたフェイスタオルで顔を押さえながら、母はしばらく泣き続けていたが、やがて「柚希」と涙声で私を呼んだ。さっきよりもやわらかい声だった。

「昔からあなたは内気だった。幼稚園でも友達ができず、だけどひとりでも平気そうだった」

「うん……」

「心配する先生やお母さんに『冬樹がいるから平気』とよく口にしていた。私は、あなたを責めた。二度とその名前を言わないように口を酸っぱくして注意し続けたの」

そうだっただろうか。記憶にはないけれど、母の機嫌を窺うようになったのはその頃からかもしれない。

母は、ひとしきり泣くと、テーブルの上に投げ出した両手を手繰り寄せ、祈るように指を絡ませた。

「柚希に言わなくちゃいけないことがあるの」

洟をすすったあと、母は気弱に口を開いた。

「柚希はね、元々双子だったの。冬樹はあなたの双子の兄として生まれて来た子なのよ」

ぐわん、と衝撃を受けたようによろめいた。母は、ゆっくりうなずくと、苦しそうに目を閉じる。

「誕生死、という言葉があるの」

「誕生死？」

「ええ」とうなずくと母は苦しそうに眉間のシワを深くした。

「元々、冬樹の心拍が弱いと指摘されていたの。妊娠九カ月で出血が確認され、緊急手術で出産することになった。でも、冬樹は……生まれてすぐに亡くなった。もちろんすぐに手術がおこなわれた。でも……どうすることもできなかったの」

「そんな……」

「やっと生まれて来たのに、たった数日で冬樹はいなくなってしまった。なんにもできなかった。私にはなんにもできなかったのよ……」

「お母さん」

「なんて無力なんだろう、って思った。こんな悲しいことが自分に起きるなんて想像もしてなかったから、受け入れることができなかった。ぜんぶ夢なら、って——」

母の隣に座り、涙で濡れた横顔をじっと見つめた。

「目が覚めたらぜんぶ夢で、冬樹は生きている。そんな日を待って、待って、だけど……訪れなかった。気がつけば、出生届と死亡届を眺めていたの」

なにも言えなかった。震えるあごを私に向けた母は、小さくほほ笑んだ。

「それでもあなただけでも元気に生まれてくれてうれしかった。これは、本当の気持ちよ」

「うん」

「でもね、私は弱いから……冬樹の死をどうしても受け入れられなかった。あなたをかわいいと思う反面、冬樹がいてくれたら、って。それだけじゃない。冬樹の死をあなたのせいにしたかったのかもしれないの」

続けて「ごめんなさい」をくり返す母が、首をゆるゆると振り私を見た。

「冬樹のことを知らないはずのあなたが、名前を口にした時は驚いた。あなたはあたかも冬樹の声が聞こえているかのようにふるまった。母である私にその声は聞こえていないのに、あなたには聞こえる。どうして私を苦しめるの、って……そんなふうに思ってしまったの」

思いを吐露する母の手を握るのに勇気なんていらなかった。

「お母さん、ごめんね。私、ひどいことを言って傷つけてたんだね」

「違う。柚希は悪くないの。私が冬樹を守れなかった、からっ」

大粒の涙をぼたぼたと流す母に、私の視界も一気に歪んでいく。そんなことがあったなんて知らなかった。私は母に嫌われていると思っていたけれど、無邪気に冬樹の名前を言っていたなら、先に傷つけたのは私だ。

命の誕生のあとすぐに死を迎えた冬樹。母の気持ちを考えるだけで、その悲しみが波のようにざぶんと私をさらっていく。海の底へ引きずり込まれ、涙の海で溺れる。そんな気持ちを、もう何年も母は感じてきたんだ……。

「さっきの質問だけどね」涙声の母が気弱につぶやいた。

「あなたのこと、嫌ってなんかいない。お腹を痛めて産んだ自分の子を嫌いなわけ、ないじゃない」

「……うん」

「でも、あなたにそう思わせていたならごめんなさい。そんなつもりじゃなかったの。私みたいに遅い結婚をして、子供を産むことになったら、って。私と同じように悲しい出産を経験したらどうしようって……それだけだったの」

今、本当の母と話をしている気がした。嫌われていると感じてから、私も身構えて生きてきたのかもしれない。こんなにそばにいるのに、素直な感情を伝えられずにいたんだ。

「婿を取るって話も、お母さんが勝手にそうしなきゃって思い込んでいただけなの。この間、お父さんに叱られちゃった。だから、もう気にしなくていいのよ」

「お母さん……。私、お母さんのこと知らなくてごめんなさい。知ろうともしないで勝手に……」

嫌われていると思い込んで距離を取っていたのは私だ。とめどない後悔が涙になり、それ以上言葉が続けられない。

泣きじゃくる私を母が抱いてくれた。泣いている母を私は抱いた。互いの腕を絡ませながら、やっと私たちは本当の親子になれた気がした。

どれくらい泣いたのだろう。照れたように笑い合い、母はキッチンでホットミルクを作ってくれた。

それから私たちは長い溝を埋めるようにお互いの話をした。親戚に男の子を産めなかったことを暗に責められた、という話で私は怒り、彩羽の話で母はまた涙を流した。

途中で飲み物を取りに来た香菜が目を丸くして、「キモ」と言ったので無理やり席に座らせ参加させた。

色んな話をしたあと、母は言った。

「冬樹があなたの前に現れるのはありえないこと。なにか危険な目に遭うかもしれないから気を付けて」

正常な判断だと思う一方で、私は早く冬樹に会って話がしたいと思った。

話をしなければ、この冬は終わらない。そう、思った。


駅前のベンチは閑散としていた。終電直後の街に人の姿はまばらで、崩れゆく空から雪が降り出している。

いつものベンチに座り雪に染まりゆく街を眺めながら、腫れぼったい目をそっと押さえた。

「不思議な冬」

つぶやけば、白い息が夜の黒色に溶けていく。もうすぐ三月。これが最後の雪になるだろう。

冬は、悲しいことばかり起きるから苦手だった。この冬も同じように、何度も泣かされた。でも、物の見方を少し変えるだけで、受け止め方も変わってくるんだとわかった。彩羽のこと、豊さんのこと、母のこと、そして冬樹のこと。過去からの旅人のように、自分が見て来た景色がすべてではないと知ることができた。この冬を私は忘れない。

母との話が終わったあと、家を抜け出すことに迷いはなかった。家の近くでも会えるかもしれないけれど、冬樹とは出会った場所でもう一度会いたかったから。

足音はしなかった。ただ、顔を横に向けると当たり前のように冬樹が立っていた。赤いパーカーではにかむ冬樹は、改めて見ると私によく似ている。なんで気づかなかったのだろう、と不思議なほど。

「もうすぐ冬が終わるね」

彼は今日が最後だと知っている。だから、悲しくほほ笑んでいるんだ。

隣に腰かけた冬樹があごを上げ、降りゆく雪を眺めている。

「僕のこと、思い出せた？」

「うん」

「そっか、よかった」

ふふ、と笑う冬樹が私を見た。

「私をずっと助けてくれていたんだよね」

震える声は寒さのせいだけじゃない。無理やり作る笑顔は、結局は意味がない。だから私は、悲しみと感謝が混じる気持ちを隠さないよ。

それがこれからの私に必要だと思えたから。

冬樹は私の頭に右手をポンと載せた。

「柚希はがんばってるよ」

ちゃんと想いを伝えたいのに、感情のプロテクトを外してしまえば、あまりにも無防備で弱い自分がいる。あっという間に涙がまたあふれてくる。

「それは、冬樹がいてくれたから。困った時や悩んだ時、いつも支えてくれたから。なのに、私は気づけなかった。ごめんね」

「謝ることじゃない。僕こそ、柚希をずっと守れなくてごめん。そして、明日からはそばにいられなくてごめん」

「……イヤだよ」

頭に置かれた手からはぬくもりを感じるのに、本当に冬樹はもうこの世にいないの？これでさよならなの？

ポンポン、と軽く頭をなでたあと、冬樹は立ち上がり私の前に立った。降りしきる雪が模様になり、まるで一枚の絵画を見ているみたい。

「お願い、行かないで。冬樹がいないとダメなの」

「ダメなんかじゃない」

うしろ向きに数歩下がる冬樹。私との間を雪が邪魔しているように感じた。もう一度空を見やってから冬樹は「聞いて」と言った。

「人は、よく他人に『がんばって』って言うよね。でも、がんばっている人はその言葉でくじけたりもする。これ以上どうがんばればいいの、って」

言わんとしていることがわからずうなずいた。

「僕たちの母親もがんばってくれた。お腹が痛くても、僕の心臓が弱くても、必死で明るく振る舞ってくれていた。僕が安心するように、歌を歌ってくれたんだよ」

「歌……？」

「柚希は覚えてないかもしれない。でも、僕は覚えている。お母さんは歌が上手だった。色んな童謡をお腹のなかに聞かせるようにやさしく歌ってくれたんだ」

目を閉じた冬樹が「冬月」とつぶやいた。

「冬の月の歌。『冬になれば月が輝き』って出だしで、あれはきっとオリジナルの歌だったと思う。ふゆづき、から僕たちの名前をつけたんだと思う」

冬の月。冬樹、柚希。覚えのないメロディが冬樹の口から音楽になるのを不思議な気持ちで聞いていた。

「結局、僕の命は持ちそうもなかった。手術をすることになり、麻酔が効く瞬間まで、僕たちのお母さんはやさしく歌ってくれたんだ」

　冬樹の顔が苦し気に歪むのがわかった。

「僕はこう言ったんだ。『これ以上がんばらないで』って。お母さんの愛を僕はたしかに感じられた。短すぎると思うかもしれないけれど、僕にとってはじゅうぶんな時間だった」

「冬樹……」

「もうこれ以上、柚希のそばにはいられない。柚希はがんばらなくていいから、君らしく生きてほしい」

　雪がまるで吹雪のように降っている。さっきよりも距離を取った冬樹の表情が分からなくなる。

「行かないで」

　ああ、涙で見えないよ。いつもそばにいてくれたのに、私は冬樹を思い出せなかった。最後にわかっても遅すぎるよ。

「もう泣かないで。最後に僕の名前を呼んでほしい」

「無理だよ……。だって、だって――」

「柚希」ふわりとした声が私を包み込んだ。

「人は別れを経験し、それでも生きていく。これからはそばにいられないけれど、柚希にはたくさんの愛に気づいてほしい。家族、友達、恋人、職場の人たちみんなが言葉にしなくても愛を与えてくれている。同じように君の愛を彼らに与えること。君ならできるよ」

「ああ、どうしよう。どうすればいいの……」

「僕らはきっとまた会える。『いつかの冬、あんなこともあったね』って笑って話せる日が来るから。その日まで君は終わらない。さぁ、僕の名前を呼んで」

音を立てて風が吹いた。一気に白くなる視界は冬樹が消えることを示唆している。

「冬樹！　……お兄ちゃん！」

叫ぶ声に風が雪を払った。安心したような笑みで冬樹は右手を上げた。

「お兄ちゃん。お兄ちゃんっ！」

あふれる涙もそのままに何度も叫んだ。冬樹は最後まで笑顔のまま冬に消えていった。

ベンチに座り込み、ひとりぼっちで泣いた。悲しみが涙に変わりどんどんあふれ出る。

やがて、雪が止んだ世界が明るくなった。

遠くの空に下弦の月が姿を現している。金色の光がさらさらと雪の代わりに降っているようだった。

「冬樹、ありがとう」

この世界でがんばらずに生きてみよう。

冬樹のためじゃなく、自分自身のために。そう思える自分が少し誇らしかった。

#『私のともだち』

My Friend

著：植野いろは

第六話「いつかの君へ」

あれからどれくらい経ったのだろう。

結局あたしは最後まで病気に負けっぱなしだった。今は、食事もとれず水分だけで生き長らえている気分。キーボードを打つ手に力が入らなくて、たった数行の文章もまともに打てやしない。

物語はもう最終章。ラストはバッドエンドにしかならない。でもね、あたしにとってはいい終わりかたなんだよ。

この作品はあたしと柚希の物語。

あたしは結局、自分の想いを伝えることはできなかったけれど、今になればそれでよかったと思う。片想いは果てしなく孤独で悲しくて、年に数回柚希に会えることがうれしくて、だけど夕刻にはさみしくて。

あの日、ケンカ別れしたのは悲しいけれど、もしも今、柚希がここにいたらあたしはそれこそ死んでしまうだろう。髪もボサボサで、やせっぽちになった自分を柚希にだけは見られたくない。

ねえ、柚希。あなただけがあたしから作り笑顔の仮面を外してくれたんだよ。誰かの前で感情を出せることが、あんなに幸せだなんて知らなかった。そのぶん、柚希を困らせることも多かったと思う。

でも、もうすぐこの世界から消えるあたしにとって、たったひとつの宝物なんだ。

四話までの投稿予約はそのままにして、それ以降の話はサイトに載せないことに決めた。家族にも知られないように隠しておくつもり。

だって、こんなの見せられたら柚希は困るだろうし、ずっと自分を責めることになると思う。

だから柚希。今、書いているこのひと文字ひと文字に願いをこめるよ。あなたの未来がいつも光り輝くように。あなたの進む道が正解であるように。

化粧をして社会人になった柚希だけど、あなたの弱さをあたしは知っている。がんばりすぎて自滅しがちなことも知っている。

でも、こんなにあなたを好きだった人がいたことをいつか知ってほしい。愛されていることを強さに変え、あたしのいない世界を生きて生きて生き抜いてほしい。

これは最初で最後の柚希に贈るラブレター。

あなたがおばあちゃんになり命が尽きたなら、あたしのいる世界へおいで。

そこで昔みたいにたくさん笑って話をしよう。

少しの間、お別れだけど向こうで待っているからね。

大切な友達、そしてあたしが愛した柚希へ。　　彩羽より。

エピローグ

サイトの『公開ボタン』を押す前に、豊さんはもう一度私を見た。

「いいのか？」

「はい」

迷いなく答えると、彼はエンターキーを押し、彩羽の最後の一話を公開した。ノートパソコンを閉じると、豊さんは改めて頭を下げた。

「色々すまなかった」

第四話の公開時期が遅れたのは、豊さんが彩羽の公開予約を一度取り下げたからだった。

その後、豊さんは彩羽の最後の二話分のデータを遺品の奥から見つけ、すべてを知ったそうだ。

混乱のなか、豊さんは第五話を公開してしまったと説明してくれた。

「私こそ、なにも気づかず申し訳ないと思っています」

「いや、俺が勝手に勘違いしたんだ。もっと早く連絡すればよかったと思ってる」

このやり取りは今日何度目か。

「そもそも、彩羽が秘密主義なんですよ」

「まさか病気のことを伝えてないとは思わなかった。肝心なところは言わないんだよなあ」

「あっちの世界に行ったら、そのことは責めるつもりです」

お互いに謝り合い、最後は彩羽のせいにして笑い合う。少しずつ彩羽の死を受け入れられる自分になっていることがうれしくて、悲しい。

玄関まで見送りにきてくれた豊さんが、外で待っている高林君を見て目を丸くした。黒いコートの高林君が頭を下げた。

「お久しぶりです」

「入ればよかったのに」

「今日はさすがに遠慮しました。来週あたり、ふたりで来ます」

「待ってるよ。今日はありがとう」

豊さんの瞳がやさしくカーブを描いた。

閉じた玄関に一礼し、歩き出す。三月になり、冬は足早に消えていくようだった。

不思議なこの冬を、私は一生忘れないだろう。

「これからどこへ？」

高林君の問いをはぐらかし、電車で職場近くへ向かう。電車のなかから見る景色も、改札の音も、街のざわめきも新鮮に耳に届いた。

あのベンチが見えてくる。今日は誰も座っていないのを確認してから空を見上げた。薄い三日月が三月の空に存在している。

冬樹も彩羽も、きっと見守ってくれているんだね。

ベンチに腰かける時、たしかにまだ胸は痛かった。

「私、がんばらないことにしたの」

口から白い息は漏れなかった。この数日で昼間は春の様相を呈している。

私の長い冬が終わったと、心から実感できた。

高林君にとっては意味のわからないことだろうけれど、「うん」とやさしくうなずいてくれた。

過去をなかったことにして生きるより、引き連れて生きることにしたんだ。

「あなたが好きです」

世界は新たな光で輝きだすよ。過去も今も、この先の未来も。

その先で待っている人たちに誇れるように、私は歩いていこう。

長い季節の先で再び会える、その日まで。

完

いつかの冬《ふゆ》、終《お》わらない君《きみ》へ

いぬじゅん

2022年1月5日初版発行

発行者……千葉 均
発行所……株式会社ポプラ社
〒102-8519 東京都千代田区麹町4-2-6
フォーマットデザイン 荻窪裕司(design clopper)
組版・校閲 株式会社鷗来堂
印刷・製本 中央精版印刷株式会社

ポプラ文庫ピュアフル

ホームページ www.poplar.co.jp

N.D.C.913/254p/15cm
ISBN978-4-591-17227-8
P8111328